KB272500

이제, 고전을 읽어야 할 시간

이제, 고전을 읽어야 할 시간

초판 1쇄 인쇄 _ 2026년 5월 10일
초판 1쇄 발행 _ 2026년 5월 15일

지은이 _ 최인호

펴낸곳 _ 바이북스
펴낸이 _ 윤옥초
책임 편집 _ 김태윤
책임 디자인 _ 이민영

ISBN _ 979-11-5877-410-3 03810

등록 _ 2005. 7. 12 | 제 313-2005-000148호

서울시 영등포구 선유로49길 23 아이에스비즈타워2차 1005호
편집 02)333-0812 | **마케팅** 02)333-9918 | **팩스** 02)333-9960
이메일 bybooks85@gmail.com
블로그 https://blog.naver.com/bybooks85

책값은 뒤표지에 있습니다.

책으로 독자의 성장을 돕고 아름다운 세상을 만듭니다. — 바이북스

미래를 함께 꿈꿀 작가님의 참신한 아이디어나 원고를 기다립니다.
이메일로 접수한 원고는 검토 후 연락드리겠습니다.

흔들릴 때 나를 지키는 고전의 힘

이제, 고전을 읽어야 할 시간

최인호 지음

고전은 나를 가르치지 않았다
나를 다시 일으켜 세웠다

무너진 자리에서 시작한 길이었다. 애초에 목표도 계획도 없었다. 그저 삶이 두 동강 난 자리에서, 살기 위해 글자를 붙잡았다. 그렇게 시작한 공부가 어느덧 9년이 되었다.

학부 시절 자연과학을 공부했던 나는 세상의 물리적 원리를 이해하고 적용하는 일에는 익숙했지만, 형이상학적인 문장은 나와 거리가 멀다고만 여겼다. 어릴 적 거실 책장에 꽂혀 있던 공자의 책 역시 '나라를 다스리는 사람들'의 전유물이라 생각했다.

그러나 그 시간을 파고들며 알게 되었다. 철학은 결코 허공에 뜬 말이 아니었다. 그것은 가장 정교한 자연의 원리였고, 내 몸이 작동하는 법을 설명하는 또 하나의 과학이었다.

사람들은 고전을 '마음 공부'라 말하지만, 내가 만난 성리性理는 철저히 '몸의 원리'였다. 우주의 이치가 인간의 몸에 어떻게 깃들어 움직이는지, 그 치열한 논리는, 내가 배운 과학만큼이나 명확하고 단단했다.

고전은 따끔하게 훈계하며 '무엇을 하라'고 다그치지 않았다. 어떤 글자는 날카로운 송곳이 되어 나의 오만과 무지를 사정없이 찔러 댔고, 어떤 글자는 깊은 위안이 되어 나도 모르게 눈물을 쏟게 만들 었다. 글자와 싸우고, 글자에 기대어 울며 그렇게 한 장 한 장을 넘겨 갔다.

그 문장들은 말없이 속삭였다.

《논어》에서 《중용》과 《대학》, 그리고 《맹자》까지. 사전을 뒤적이 며 한 글자씩 읽어내는 일은 더디고 고됐다. 하지만 감히 생각지도 못했던 그 글자들이 내 안에서 소화되기 시작하자, 이해는 곧 에너 지가 되었다. 따뜻한 음식이 빈속을 채우듯, 신기하게도 글자 하나 하나가 몸에 스며들 때마다 머리끝부터 발끝까지 희열이 번졌다. 한 단락이 이해되면 다음 문장이 궁금해졌다. 무엇에 홀린 사람처럼 나 는 고전을 손에서 놓지 못했다.

외롭고 더디고 고독한 여정이었다. 하지만 오늘 하루, 한 글자를 온전히 이해하는 순간 나는 분명히 밝아졌다. 온몸에 불이 켜지듯 환해지는 느낌이었다. 그것으로 충분했다. 그렇게 나는 나를 다시 세워갔다.

혼자서는 절대 해내지 못했을 것이다. 어려운 글자 속에서 방황하며 홀로 끙끙 앓다 더는 버틸 수 없을 때, 교수님께 폭풍 질문을 쏟아내며 답을 얻어갔다. 귀찮을 법한 제자의 끝없는 질문에도 늘 정성스럽게 답을 주신 조중빈 교수님께 무한한 감사를 드린다. 또한, 늘 굳건하게 진리의 말씀을 전해주시는 전헌 선생님께도 온 마음을 다해 감사의 인사를 올린다.

시공간을 걷어내니 진리는 서로를 비추고 있었다. 공자, 맹자, 주자를 거쳐 퇴계, 그리고 저 멀리 플라톤과 스피노자에 이르기까지 그들의 사유는 서로 맞닿아 있었다. 그리고 그 진리는 21세기를 살아가는 '지금 여기'의 나에게도 똑같이 통했다. 이 행복한 체험을 할 수 있었음에 감사한다.

리理를 알고 나니 내 기氣가 살아났다. 한껏 기죽어 있던 내가 이제 당당히 세상을 살아갈 수 있게 되었다. 절대 홀로 바로 세워지지 않았던 내가, 앎을 통해 나 자신을 믿게 되었다.

이 책은 그 여정의 기록이다.
다시 서고 싶은 당신에게 작은 마중물이 되길 바란다.

part-2 用

나 사용법

당신은 성과와 상관없이
본래부터 멋진 사람이고,
본래부터 아름다운 존재다.

1부

나를 바로 세우기

part 1

知

나를 먼저
제대로 알기

천명지위성

天命之謂性

나는 부족한 사람이 아니다

어느 날 나는 말문이 막혔다. 나름 답을 찾았다며 자부심을 느끼고 곳곳에서 강연을 이어갔으나, 돌아보니 그 말들은 뿌리 없이 화려한 수사에 불과했다. 내 깊은 존재에서 길어 올린 생명력이 아니라, 외부에서 습득한 지식을 유려하게 포장해 전하고 있었던 것은 아닐까. 소위 '안다'라는 말들을 다 쏟아내고 나자, 나의 근원적 빈곤함이 고스란히 드러났다. 화려한 조명 뒤에 가려져 나조차도 몰랐던 나의 밑바닥이었다.

몇 해 전 세상을 떠난 남편을 가슴에 묻고 나는 이를 악물었다. 어떻게든 살아야 했기에 상처를 극복하고 좌절을 이겨냈으며, 그 생존의 기록을 바탕으로 강단에 섰다. 많은 이가 나의 이야기에 공감했고, 나 역시 기업과 기관에 소통과 리더십을 강의하며 나름대로 성공을 이루었다고 생각했다.

그런데 강연장에서 교육생들의 질문을 마주할 때마다 내 입은 점점 무거워지고 있었다.

"선생님은 어떻게 그 힘든 시간을 버텼나요?"

"어떻게 매번 자신을 이길 수 있었어요?"

그럼 나는 늘 이렇게 답했다.

"목표를 세우고 꾸준히 나아가세요. 결국 실천行하는 사람만이 성공합니다."

하지만 그들의 눈빛은 여전히 공허했다. 그들은 실천 방안을 묻는 것이 아니라, 실천할 수 있는 '원동력' 그 자체를 알고 싶어 했다. 그때마다 나는 뾰족한 말을 찾지 못했다. 목표를 설정하라는 말도, 실천만이 답이라는 말도 공허하게 느껴졌다. 그 순간 지금껏 성공했다고 자부한 나 자신이 그저 겉만 반지르르한 빈껍데기에 불과하다는 생각이 스멀스멀 올라왔다.

그리고 다 치유된 줄 알았던 과거의 내가 예고 없이 고개를 내밀었다. 강사가 되기 전, 사회적 지위도 경제적 배경도 없던 시절의 내가 들었던 비정한 목소리.

"네가 뭔데? 넌 아무것도 아니잖아."

힘 있는 위치에서 권위를 으스대는 사람들 앞에서 속절없이 쪼그라들었던 그때의 기억. 그 말은 단박에 나의 존재 가치를 부정했었고, 나는 반박할 힘조차 잃은 채 막막한 밤을 보냈었다. 이제는 성공한 강사가 되어 남들 앞에 섰으니 그 초라함에서 완전히 벗어난 줄 알았는데, 아니었다. 내면 깊은 곳에는 여전히 '아무것도 아닌 존재'로 남겨질까 봐 두려워하는 과거의 상처가 숨죽인 채 도사리고 있었다. 가슴속 틈새에 박혀 있던 그날의 기억들이 다시 욱신거렸다.

'내가 뭐 어때서! 가진 게 없으면 아무것도 아닌 존재가 되는 거야?'

하고 큰 소리로 반문했지만, 질문은 다시 공허한 메아리로 돌아왔다. '가진 게 아무것도 없었던 그때의 나는 그럼 뭐였을까?' 나는 끝내 설명할 말을 찾지 못했다. 이 질문에 명확한 답을 내놓지 못하는 한, 지금의 성공은 뿌리 없는 나무처럼 위태로울 뿐이었다. 나는 더는 관성적으로 강연을 이어갈 수 없어 스스로 말문을 닫았다.

✺ 고전을 만나다

그렇게 방황하던 끝에 나는 학교로 향했다. 살아남기 위해서가 아니라 살아가기 위해서였다. 내가 누구인지, 내 삶을 어떻게 살아야 하는지 알지 못하면 강사로서의 삶도 더는 지탱할 수 없었다. 철학은 내게 지적 유희가 아니라 생존을 위한 필연이었다. 그리고 그곳에서 나에게 새로운 생명을 불어넣어 준 수백 년, 수천 년을 살아남은 글자들을 만났다.

《중용中庸》을 펼친 첫날이었다.

천명지위성 天命之謂性

너는 하늘의 성품을 지닌 사람이야.

'너는 본래 하늘로부터 부여받은 귀한 천성을 지니고 있어'라고 말하는 그 한 줄을 읽는 순간, 눈물이 쏟아졌다. 강의실 구석에 앉아 태연한 척하려 했지만, 그 글자는 나를 방어할 틈조차 주지 않았다. 매섭게 질책하더니 이내 깊은 위로를 건넸다.

'넌 네가 누구인지도 제대로 모르고 그렇게 살아왔어?'
'네가 얼마나 귀한 존재인지도 모르고?'

그 글자는 나를 내려쳤고, 동시에 나를 따뜻하게 감싸안았다. 볼 위로 하염없이 눈물이 흘러내려 누가 볼세라 고개를 푹 숙이고 있었는데 순간 교수님과 눈이 마주쳤다. 교수님께서는 내 벌게진 눈을 보고서도 굳이 말하지 않아도 다 알고 있다는 듯 말없이 지나가 주셨다. 그날 이후 고전의 글자들은 하나둘 내 몸 깊숙이 스며들기 시작하더니, 흐려있던 몸을 다시 밝게 일으켜주었다. 그렇게 나는 나를 바로 알고서 다시 태어났다.

본립도생 本立道生

존재가 먼저다

근본本이 서야 길道이 난다.

어떻게 살아야 할지 방법道을 구하기 전에, 길 위에 서 있는 '나本'를 먼저 바로 세우는 것이 순서다.

그 시작이 바로 천명지위성天命之謂性이다. 성性이라는 글자는 추상적인 관념이 아니다. 바로 우리의 존재를 가리키는 말인데, 혹시 이 사실을 모를까 봐 챙겨주신 듯, 퇴계 이황 선생은 성性을 '체體'라고 밝히며 "그건 바로 우리 몸이라고!" 더 확실하게 일러 주셨다. 덕분에 내 몸體을 가지고 살아감用을 잊지 말아야겠다는 뜻이 더욱 명확해졌다.

하늘이 명했으니 우리의 존재가 얼마나 귀한가.

나는 누군가에게 증명받아야 할 존재가 아니라, 이미 우주로부터 인증받은 존재다.

"내가 소중하다는 말은 너무 뻔한 얘기 아닌가요?"

이렇게 반문할지도 모른다. 하지만 당신은 정말 그 사실을 온몸으로 믿고 있는가? 아침 출근길에 동료가 인사를 무시했을 때, 혹은 누군가 무심코 던진 평가에 온종일 가슴이 쓰려 당신의 존엄이 깎인 것 같은 기분이 든다면 당신은 아직 이 글자를 믿고 있는 것이 아니다.

내가 나를 바로 알고 있다면 대응은 이렇게 달라진다.

'천명지위성天命之謂性! 난 하늘같이 소중한 존재야. 인사를 받지 않는다고 내 존엄이 훼손되지 않아.'

이 확신이 서면 비로소 상대를 원망하기보다, 사정을 헤아릴 수 있는 여유가 생긴다.

'어? 저 동료에게 무슨 일이 있나?'

우리는 살아가면서 끊임없이 외부의 자극에 흔들린다. 그럴 때마다 이 뻔한 사실을 확인하고 또 확인해야 한다. 나는 소중하다는 사실을 그렇게도 잘 놓치기에, 고전은 애가 타는 마음으로 길道보다 나性를 먼저 챙기라고 소리친다.

그러니 성공의 기술을 배우기에 앞서, 내가 누구인지 아는 것이 먼저여야 한다.

어떻게 하면 잘 살 수 있는지 열심히 그 방법을 구해 실천했는데 계속 실패를 한다면, 나를 먼저 바로 알자. 소크라테스도 방법을 구하러 갔다가 '너 자신을 알라!' 소리만 듣고 왔다 하지 않나.

그러니 상기하자.
천명지위성天命之謂性!
나는 언제 어디서나 고귀한 존재다.

충실지위미

充實之謂美

나는 성과와 상관없이 본래부터 멋진 사람이다

"에잇, 재수 없어. 왜 하필 우리 팀에 온 거야?"

K 대리는 승진을 앞두고 누구보다 뜨겁게 일했다. 며칠 밤을 지새우며 준비한 기획안을 들고 팀장을 찾았을 때, 돌아온 것은 검토조차 거치지 않은 차가운 냉소였다.

"괜히 일 키우지 마. 짜증 나게."

욕설 섞인 말 한마디는 비수가 되어 그의 심장에 박혔다. 몇 번이고 자신을 돌아보았지만, 그렇게까지 모욕을 당할 이유는 없었다.

그날 이후 K 대리의 삶은 무너졌다. 잠을 이루지 못하는 밤이 이어졌고, 몸과 마음은 동시에 무기력해졌다. 설상가상으로 승진에서조차 누락되었다. 그는 나를 찾아와 울먹이며 말했다.

"그 팀장의 말처럼, 전 정말 보잘것없는 인간 같아요. 제가 하는 일마다 이 모양인 걸 보면 전 원래 재수 없는 사람인가 봅니다.”

한 사람의 무심한 말이 그의 인생을 송두리째 무너뜨리고 있었다.

나는 그에게 조용히, 그러나 단호하게 말했다.

“일이 실패한 것이지, 당신이 실패한 게 아닙니다. 당신의 생김부터 다시 바로잡아보세요.”

❀ 성과와 존재를 분리하라

우리는 왜 작은 실패에도 이토록 쉽게 무너질까. 그것은 ‘일의 성과Doing’와 ‘존재Being’를 동일시하기 때문이다. 프로젝트가 거절당하면 내 존재가 거절당한 것 같고, 연봉이 낮으면 내 인생의 급級이 낮아진 것처럼 느낀다. 우리는 자신을 ‘성과를 내는 도구’로 정의하는 데 너무나 익숙해져 있다.

그러나 동양 고전은 ‘존재’와 ‘삶’, 즉 ‘나’와 ‘내가 하는 일’을 엄격히 구분한다. 직장에서 벌어진 일은 직장에서 다루면 된다. 성과가 없다고 해서 내 존재가 형편없어지는 것은 결코 아니다. 외부의 환경이 나의 존재의 존엄성을 빼앗을 수 없기 때문이다. ‘일의 실패’가 절대 ‘존재의 실패’가 아닌데, 많은 사람이 이를 혼동한다. 그래서 맹자孟子는 이 혼란에 빠진 우리에게 짧지만 강력한 선언을 던진다.

충실지위미 充實之謂美

나는 본래 알차고 단단하여 그 자체로 아름다운 존재다.

이 문장은 우리의 통념을 정면으로 뒤집는다. 우리는 늘 부족하다고 느끼며 무언가를 더 채워 넣어야만 비로소 아름다워진다고 믿는다. 더 높은 스펙, 더 많은 재산, 더 화려한 지위를 채워야 '멋진 사람'이 된다고 생각한다. 하지만 맹자의 시선은 정반대다. 아름다움은 외부의 것을 덧붙여 완성하는 장식이 아니라, 이미 내 안에 꽉 차 있는充 본질實이다.

❋ 플라톤의 《향연》이 말하는 사랑의 본질

고대 서양 철학에서도 이와 맥을 같이 하는 이야기가 있다. 플라톤의 《향연》을 보면 사랑의 신 에로스의 탄생 비화가 나온다. 에로스는 아버지인 풍요의 신 '포로스'와 어머니인 궁핍의 신 '페니아' 사이에서 태어났다. 그래서 에로스는 부모님을 닮아 풍요롭기도 하고 때로는 지독히 궁핍하기도 하다.

나 역시 마찬가지다. 나는 본래 풍요를 알지만, 살아가면서 당연히 부족함도 느낀다. 돈이 부족할 때가 있고, 능력이 부족할 때가 있다. 그러나 중요한 것은 그 부족함이 나의 존재의 결핍을 뜻하는 것은 아니라는 사실이다.

내가 매일 나의 부족함에 대해 끙끙대며 고민하는 그것이야말로, 바로 내가 나를 살리려고 애를 쓰는 '충만한 사랑'이 존재한다는 증거다. 내 안에 풍요포로스가 든든히 존재하기에, 삶에서 맞닥뜨리는 궁핍페니아을 기꺼이 헤쳐나갈 수 있는 것이다.

'아름답다'라는 것은 '나답다'라는 뜻이다

이 깨달음은 우리말 어원에서도 드러난다. 놀랍게도 '아름'은 순 우리말로 '나'라는 뜻이다. 즉, '아름답다'라는 것은 결국 '나답다'라는 의미와 맞닿아 있다. 내가 나답게 사는 것이 곧 아름다운 것이지, 남들이 세워놓은 기준에 나를 끼워 맞추는 것이 아름다움이 아니다.

속이 꽉 찬 충만한 과실인 '나'를 발견하는 것이 바로 충실지위미充實之謂美다. 이미 '나' 자체가 풍요와 사랑으로 충만한 몸이라는 사실을 우리말인 '아름'이 챙겨주고 있다. 내가 이미 속이 꽉 찬 과실임을 깨닫는 순간, 외부의 평가는 부차적인 것이 된다.

당신은 성과와 상관없이 본래부터 멋진 사람이고, 본래부터 아름다운 존재다.

그렇다면 이제, 이 깨달음을 어떻게 삶에서 적용할 수 있을까? K 대리의 사례를 고전의 말에 대입해 더 깊이 사유해보겠다.

1. 사유하기(思): 나의 존재를 바로 세우기

나는 재수 없는 사람인가? 아니다. 나는 본래부터 속 알맹이가 꽉 차 있는充實 아름다운美 사람이었다.

누군가가 나를 비난한다고 해서, 내 존재의 본질이 바뀌지 않는다. 이 사실을 확인하자 자존감이 회복되었다.

2. 배우기(學): 새롭게 알게 된 사안을 삶에 적용하기

자존감을 회복한 후 비로소 타인의 사정도 보이기 시작했다. 상사가 나에게 욕을 한 것은 그 사람의 문제였다.

하지만 왜 그렇게 화를 냈을까? 그만의 이유가 있지 않았을까? 혹시 내가 추진한 일이, 팀에 부담을 주진 않았을까? 내가 너무 내 처지에서만 생각했던 건 아닐까?

앞으로는 일을 추진할 때, 조금 더 신중히 주변을 살펴야겠다.

K 대리는 자신에 대한 오해를 풀고 나서야 비로소 그 팀장을 새롭게 바라볼 수 있었다. 존재에 대한 오해가 풀리지 않았다면, 끝없이 상처받거나 끝없이 분노할 수밖에 없었을 것이다. 본래부터 이미 충실한 몸임을 확인하고 나니, 그제야 비로소 문제를 문제로써 바라

보고 다룰 힘이 생겼다.

본래 멋진 나를 기억하라

우리는 살아가면서 수많은 실패를 경험한다. 하지만 그것은, 내가 실패한 것이 아니라, 내가 한 일이 실패한 것일 뿐이다. 우리의 존재 자체는 그 어떤 실패와도 무관하게 본래부터 완전하다.

그러니 상기하자. 충실지위미充實之謂美!
나는 본래부터 멋진 사람이다.

가욕지위선

可欲之謂善

내가 욕망하는 것은 다 좋다!

내가 욕망하는 것은 다 선善하다

'내가 욕망하는 것은 다 선하다고? 말도 안 돼!'

모 기업에서 소통 교육을 진행할 때였다. 전 사원을 대상으로 열심히 강의하고 있는데, 맨 뒷줄에서 소란스러운 소리가 들려왔다. 한 교육생이 옆 사람들과 다소 큰 목소리로 이야기를 나누고 있었다. 무슨 이야기를 하는지 서로 소리 내어 웃기까지 해 금세 강의실 안 분위기가 흐트러졌다.

처음에는 몇 번 쳐다보기만 하고 그냥 넘겼지만, 점차 떠드는 소리가 커지면서 강의를 이어가기 어려워졌다. 나는 분위기를 환기할 겸 간단한 액티비티를 진행했다.

"내가 가장 잘하는 것이 무엇인지 포스트잇에 한 번 써볼까요?"

잠시 조용해지는가 싶더니, 다시 그 교육생이 이제는 제법 큰 소리로 웃으며 떠들기 시작했다. 나는 재빨리 그의 앞으로 걸어갔다.

"어떤 걸 쓰셨길래 그렇게 재밌어하세요?"

그는 마치 반항이라도 하듯 이렇게 말했다.

"음주운전이요."

순간 강의실 안은 고요해졌다. 뒤쪽에서 참관하던 교육담당자가 나서려 하기에, 나는 재빨리 침묵을 깨고 교육생 눈을 바라보며 말했다.

"그럴 분 아니시잖아요. 남을 해치고 자신을 해치는 그런 분 아니시잖아요."

나는 두 문장을 남기고 자연스럽게 쉬는 시간을 제안했다.

그리고 이어진 다음 시간, 나는 깜짝 놀랐다. 솔직히 그가 다시 교실로 들어오지 않을 것이라 예상했다. 그런데 그는 누구보다 반듯하게 앉아 조용히 나를 바라보며 강의에 집중했다. 교육은 무사히 끝났다. 짐을 정리하고 나가려는 순간, 그 교육생이 다가왔다.

"선생님, 오늘 제가 굉장히 무례했습니다. 진심으로 사과드립니다. 음주운전은 한 번도 해본 적이 없습니다.

개인적으로 화가 나는 일이 있었는데, 그 상태로 교육을 듣다 보니 짜증이 나서 순간 그렇게 행동을 했습니다.

너무 부끄럽습니다. 강의 정말 잘 들었습니다.

다시 한번 죄송하고, 감사드립니다."

그는 왜 그렇게 행동했을까?

그리고 어떻게 순식간에 태도를 바꿀 수 있었을까?

✽ 행위가 아닌 '욕망'에 주목하라

꽤 오래전 일이다. 그런데도 지금도 그 교육생이 아른거린다. 원망이 아니라, 잘 지내고 계시는지 안부가 궁금해서다. 마치 말 잘 듣는 아이보다 속 썩이는 자식에게 더 마음이 써지는 부모의 마음이랄까.

강의를 마친 후 교육담당자는 내게 어떻게 그렇게 대처할 수 있는지 물었다. 그리고 그 교육생도 어떻게 그 말 한마디에 그렇게 태도가 바뀔 수 있는지 놀랍다고 했다.

이 상황을 찬찬히 사유思해보자. 그가 그렇게 행동하는 데는 이유가 있지 않았을까? 그 역시 그렇게 행동해서는 안 된다는 사실을 알지 않았을까?

이를 위해《논어》〈안연편〉에 수록된 도둑질 이야기를 먼저 살펴보자. 계강자가 나라에 도둑이 많은 것을 걱정하여 공자에게 대책을 묻자, 공자가 다음과 같이 대답했다.

구자지불욕 수상지 부절 苟子之不欲 雖賞之 不竊

**진실로 당신께서 도둑질하기를 원치 않는다면
상을 주며 도둑질하라고 하더라도 당신은 하지 않을 겁니다.**

도둑질이 걱정되어 묻는 말에 공자는 마땅히 내려져야 할 처벌 이야기는커녕 난데없이 행위가 아니라 '욕망欲'을 이야기했다. 진실로苟 원치 않으면不欲 절대 행동하지 않을 것이라니? 무엇을 말하려고 하는 것일까?

말을 찬찬히 음미해보면, 지금 공자의 시선은 행위가 아니라 욕망에 가 있다. 행위만 보면 처벌해 마땅하나, 그 전에 도둑질을 진실로 원했는지欲를 먼저 따져 묻는 것이다.

"너 진짜로 도둑질을 하고 싶었던 거야? 진짜로?"

도둑질은 처벌해 마땅한데 뭘 그리 사정을 봐주며 묻고 있냐고 할까 봐서 이 문제를 더욱 깊이 사유하기 위해 맹자의 말을 더 들어보면 좋겠다. 맹자는 이 욕망欲에 대해 이렇게 말했다.

가욕지위선 可欲之謂善

내가 욕망하는 것은 선하다.

❋ 내가 진짜 원하는 것은 무엇인가

무언가를 하고자 하는 욕망欲은 본래 선하다는 말이다.

사유해보자. 나는 맛있는 음식을 먹고 싶어 한다. 하지만 그 음식이 남의 것이라면, 먹고는 싶지만 '훔쳐서' 먹고 싶진 않다. 이때 나의 진정한 욕망은 '훔치지 않은 맛있는 음식'을 먹는 것이다. 그러므로 내가 진짜로 하고자 하는 것은 선한 것이다.

주자는 이 말에 대해 이렇게 부연 설명했다.

"선한 것은 틀림없이 하고자 할 것이고, 악한 것은 틀림없이 증오할 것이다."

이제 공자가 도둑에 대해 했던 말이 이해가 되는가? 사람의 본래 욕망은 모두 선한 것인데 도둑질을 했다면, 그것은 진짜로 원한 것이 아니라, '그것을 원치 않는다'는 욕망을 놓쳤거나 지각하지 못한 상태라는 뜻이다.

길거리에서 커피를 마시고 난 뒤 손에 든 빈 컵을 버리고 싶을 때, 우리는 아무 데다 버리고 싶어 하지 않는다. 그 마음을 놓치지 않으니 손에 든 컵을 반드시 쓰레기통에 버린다.

내가 원하는 것이 있을 때, 스스로에게 이렇게 물어보자.

"진짜? 진짜로 원해?"

그리고 진짜 좋다면 그것은 행해도 된다.

이미 내 마음이 '좋다善'고 했으니 말이다.

그러니 상기하자. 可欲之謂善 가욕지위선!
내가 진실로 원하는 것은 다 선하다.

존덕성
尊德性

내 안의 체통을 지켜라!

나와 멀어진 나

"선생님, 저 요즘 사람보다 AI랑 대화하는 게 더 편해요."

얼마 전, 한 40대 워킹맘이 찾아와 털어놓은 고민이다. 회사에서는 업무로 인한 긴장과 인간관계에 시달리고, 집에 오면 아이들과 남편의 말에 일일이 반응하느라 진이 빠진다고 했다. 그러다 보니 언제부턴가 자신을 판단하지 않고 무조건 들어주는 AI에게 말을 걸고 있는 자신을 발견했다는 것이다. 그녀는 씁쓸한 표정으로 내게 물었다.

"사람보다 기계가 편해진 저, 괜찮은 걸까요? 제가 이상한 건가요?"

그녀의 질문이 가슴을 쿡 찔렀다. 비단 그녀만의 문제일까? 나 역시 온종일 사람들과 함께 부대끼며 일하고 오는 날엔, 가족들에게 '나 홀로'를 선전포고하고 방으로 숨어들 때가 종종 있다. 밖에서는 가족들과 소통을 소홀히 하지 말라며 강의해 놓고 정작 집에서는 입을 닫아버리다니, 이거야말로 이율배반 아닌가? 그리고는 나 역시 핸드폰을 열어 인터넷 세상에 접속해 나만의 휴식을 취한다.

이거 뭔가 잘못된 걸까? 그녀의 우려처럼 이러다 우리 안의 인간성이 사라지는 건 아닐까?

찬찬히 사유^思해보자. 그녀가 그렇게 행동하는 데는 이유가 있지 않았을까? 나 역시 홀로 방에서 휴식을 취하는 데는 마땅한 이유가 있지 않았을까?

나는 그녀에게 '내 안'에서 그 원인을 찾아보자고 했다.

"행동을 탓하기 전에 무엇을 원하는지 먼저 나에게 물어보세요. 잠시 편안하게 쉬고 싶어서 그러신 것 아닐까요?"

❀ 자기원인 : 나를 살리려는 마음(코나투스)

삶에서 어떤 문제가 생겼을 때, 우리에게 필요한 고전의 지혜가 바로 《중용》의 "존덕성尊德性"이다. 외부의 원인을 따지기 전에 먼저 나를 바라보고 나에게 원인을 묻는 것이다.

<h1 style="text-align:center">존덕성 도문학 尊德性 道問學</h1>

하늘의 이치를 품은 내 몸을 공경하며 따르고 尊德性,
나의 몸에게 묻고 배운다 道問學.

우선, 덕성德性은 하늘로부터 받은 '살아가려는 힘', 즉 내 안의 생명력이다. 사람은 누구나 '잘 살고 싶다'라는 욕망이 있다. 이 욕망이 나를 살린다.

스피노자의 언어를 빌려오자면, 이 덕성德性은 곧 '자신의 존재를 계속해서 보존하려는 노력'인 코나투스conatus와 맞닿아 있다. 코나투스는 단순히 살아남으려는 생존 본능을 넘어, '나다움'을 잃지 않고 계속 '나'로 존재하려는 속성을 뜻한다. 내가 나의 존재를 지키기 위해 끊임없이 애쓰는 힘, 그것이 바로 나를 살리는 생명력이자 나를 나답게 지키려는 항상성恒常性이다.

상처가 났을 때 새살이 돋는 것뿐만 아니라, 나를 무시하는 사람에게 화가 나는 것 또한 코나투스의 작용이다. 내가 기뻐하거나 힘들어하는 모든 감정은, 내가 계속 나로 존재하기 위해 내 안의 코나투스가 열심히 작동하고 있다는 증거다.

<h2 style="text-align:center">존덕성 尊德性</h2>

내가 나에게 귀를 기울이다

그러니 내 존재가 나답게 살고 싶어 보내는 신호, 나를 살리려고 애를 쓰는 그 욕망인 덕성을 무시하지 않는 것이 얼마나 중요한가. 이를 호소하는 것이 바로 존덕성尊德性이다.

내 안의 덕성을 존중하라. 나를 살리는 생명력은 내 안에 있다. 그러니 도 닦는다고 먼 길을 떠날 것이 아니라, 언제든 '지금 여기'에서 내가 나를 바라보고 나의 덕성에 귀 기울이며 충성하는 것이 진짜 수신修身이다. '나를 존중하는 것'은 거창한 게 아니다. 타인의 성공담이 아닌, 내가 나를 귀하게 여기며 나에게 집중하는 것이 바로 존중이다.

그렇게 존덕성尊德性 하고 나면 그제야 내가 나에게 귀를 기울이고 묻게 된다.

"무엇을 원해?"

"어떻게 하고 싶은데?"

이것이 내가 나에게 묻고 배우는 도문학道問學이다. 사서四書의 학學은 모두 위기지학爲己之學이다. 지식공부가 아니라 철저한 '나 공부'다.

❋ 사유思하고 배우다學

앞서 AI와 대화하는 것이 편하다던 워킹맘의 사연을 이 '존덕성'의 시선으로 다시 깊이 사유해보겠다.

1. 사유하기(思): 내 안의 덕성(생명력)을 존중하기

- **나의 상태** : 사람들과 대화하는 게 너무 힘들고 피곤하다. 차라리 AI가 편하다.

- **잘못된 해석** : 난 왜 이럴까? 사회 부적응자인가? (자책하며 덕성을 잃음)

- **올바른 이해** : 오죽 힘들었으면 기계가 더 편할까. 내 몸이 지금 간절히 휴식을 원하고 있구나. 나를 보호하려고 본능적으로 안전한 대화 상대를 찾은 거였어. 내 몸이 나를 살리려고 애쓰고 있었구나.

2. 배우기(學): 사유를 통해 나에 대해 배우고 해법 찾기

- **배운 점** : 내가 AI를 찾았던 건, 비난받지 않고 온전한 내 편이 필요해서였구나. 나는 지금 '판단'이 아니라 '공감'이 필요했구나.

- **적용** : 당분간은 억지로 사람들을 만나기보다, 나를 회복시키는 시간을 충분히 갖자. 음악을 듣든, 혼자 여행을 가든, AI와 수다를 떨든, 내가 편안해지는 방식을 충분히 허용해주자.

그녀는 자신이 '이상한 사람'이 아니라는 사실을 확인한 뒤, 마음이 한결 가벼워졌다고 했다. 지친 자신을 살리기 위해 이미 '존덕성'을 실천하고 있었던 셈이다. 내 몸이 보내는 신호를 무시하지 않고 존중하는 것, 그것이 존덕성이다.

✻ 내 몸을 공경하는 것이 체통體統이다

하지만 덕성을 단순히 '살아남으려는 본능'으로만 이해하면, 인간다운 삶의 고귀한 영역을 놓치기 쉽다. 생존을 넘어 인간다운 삶의 형식을 지켜내는 것, 그것이 바로 덕성을 지키는 '체통體統'이다.

우리는 흔히 도리에 어긋나는 짓을 하는 사람을 보면 혀를 차며 이렇게 말한다. "제발 체통 좀 지켜라!" 가만 보면 참 재미있는 말이다. '지켜라'라는 말 속에는 체통이 이미 내 안에 있다는 전제가 깔려 있다.

'체통體統'이란 뒷짐 지고 헛기침하는 양반 흉내가 아니다. 내 몸體에 흐르는 본래의 도리를 따른다統는 뜻이다. 즉, 인간이라면 마땅히 지켜야 할 본래의 성품, '덕德'을 잃지 않는 것이 바로 체통이다. 그래서 체통이라는 말은 늘 '관계'의 문제에서 튀어나온다. 사람 사이에서 마땅히 지켜야 할 도리의 문제이기 때문이다.

거울을 떠올려보자. 거울은 본래 투명하다. 다만 세상의 자극과 경쟁 속에서 먼지가 쌓였을 뿐이다. 닦아내면, 다시 그대로 비친다. 그러니, "체통 지키세요"라는 말은 남에게 보이기 위한 허세가 아니다. 내 안에 있는 덕성, 그 투명한 거울을 닦아내고, 나를 살리는 그 생명력을 회복하라는 준엄한 명령이다.

내가 나를 존중하고 회복하면존덕성, 신기하게도 타인의 말에 상처받지 않을 여유가 생긴다. 거울의 먼지를 닦아내면 사물이 있는 그대로 비치듯, 내 마음이 회복되면 타인의 말도 헤아려 들을 수 있게 된다.

　그러니 누군가와의 관계 때문에 괴롭다면, 그 사람을 탓하거나 나를 책망하기 전에 조용히 나에게 먼저 물어보자.

　존덕성尊德性 도문학道問學！

　그것이 내 안의 체통을 지키는 길이자, 나답게 사는 길이다.

빈이락 부이호례
貧而樂 富而好禮

난 원래부터 부자다, 쫄지 마라

"당신은 부자입니까, 가난한 사람입니까?"

이 질문을 받으면 대개 무엇부터 떠올리는가? 아마 십중팔구는 통장 잔액이나 내가 사는 아파트가 자가인지 전세인지부터 셈해볼 것이다. 자본주의 사회에서 돈은 생존과 직결되기에 무시할 수 없는 조건이다. 그래서 우리는 막연히 '돈이 아주 많아야 부자'라고 생각하며 살아간다.

그렇다면 도대체 얼마가 있어야 부자일까?

최근 한 조사에 따르면 사람들이 생각하는 부자의 기준은 수십억 원을 호가한다고 한다. 서울의 아파트값과 치솟는 물가, 그리고 100세 시대를 버텨낼 노후 자금을 계산해 보면, 그 거대한 숫자는 결코 허황된 탐욕이 아니다. 어쩌면 불안한 시대를 살아가는 우리의 처절한 '생존 비용'이자 '안전 마진'일지도 모른다.

문제는 그다음이다.

그 숫자가 현실적이라 할지라도, 그 기준에 도달하기 전까지 우리는 자신을 어떻게 바라보고 있는가?

월급을 한 푼도 쓰지 않고 모아도 수십 년, 아니 수백 년이 걸릴지 모르는 그 숫자 앞에서 우리는 압도당한다. 재테크 공부를 하고 밤잠을 줄여보지만, 수십억이라는 거대한 벽 앞에서 '나는 틀렸어' 하며 좌절하기에 십상이다. '이번 생은 흙수저라 글렀어.' 박탈감은 무기력을 낳고, 그 무기력은 우리를 진짜 가난의 굴레로 몰아넣는다.

 통장에 찍힌 숫자가 적다고 해서, 나의 존재마저 가난한 것일까? 경제적 빈곤이 곧 존재의 빈곤인가?

나 역시 그 질문 앞에서 처절하게 무너진 적이 있었다. 30대 후반, 거짓말처럼 통장 잔액이 '0원'이 되었던 날을 기억한다. 그토록 치열하게 일궈왔던 나의 모든 자산이 신기루처럼 사라진 후, 나는 한동안 정신을 차릴 수 없을 정도로 괴로웠다. 내 인생은 이것으로 끝났다고 생각했다.

시간이 지나고서야 비로소 깨달았다.

나를 진짜 불행하게 만든 것은 당장 쓸 '돈이 없어서'가 아니었다. 스스로를 '가난한 실패자'라고 낙인찍고, 내 존재의 가치마저 '0원'으로 깎아내려 버린 바로 그 마음이 나를 비참하게 만든 것이었다. 그 사실을 알아차린 후, 나는 내 존재를 다시 바르게 세웠다. 그러자 거짓말처럼 삶을 대하는 태도가 달라졌고, 다시 일어설 힘이 생겼다.

내가 나를 어떻게 대우하느냐에 따라 삶의 질은 천양지차로 달라진다. 여기, 고전이 전하는 진짜 부자의 정의가 있다.

빈이락貧而樂 부이호례富而好禮

가난하지만 즐거워할 줄 알고, 부유하면서 예를 갖춘다.

《논어》에 나오는 공자의 말이다. 흔히 이 문장은 도덕 교과서처럼 해석된다. '가난해도 너무 팍팍하게 살지 말고 마음의 여유를 가져라.', '돈 좀 있다고 갑질하지 말고 겸손해라.'

물론 틀린 말은 아니다. 하지만 당장 월세 낼 돈이 걱정인데 즐거워하라니, 공자님 말씀은 배부른 소리처럼 들리기도 한다.

그래서 우리는 이 글자를 쪼개어 그 속뜻을 깊이 파고들어 봐야 한다. 한자는 뜻글자다. 그 안에 숨겨진 비밀을 알면, 가난을 바라보는 시선이 완전히 뒤집힌다.

❋ 빈貧: 나는 이미 나누어 준 사람이다

'가난할 빈貧' 자를 뜯어보자. 돈과 재물을 뜻하는 '조개 패貝'와 나눈다는 뜻의 '나눌 분分'이 합쳐진 글자다.

貧 = 貝재물 + 分나누다

이게 무슨 뜻일까? 돈貝이 없어서 가난한 게 아니다. 내가 이미 가진 것을 나누어주었기分 때문에 지금 잠시 비어 있는 상태다. 즉, 나는 본래부터 '가진 자'였다. 줄 것이 있었던 사람, 본래 부유했던 사람이 바로 나다.

이 사실을 놓쳐서는 안 된다. 앞서 1장에서 우리는 '천명지위성天命之謂性'을 확인했다. 나는 하늘만큼 소중하고 부족함이 없는 존엄한 존재다. 내 존재의 곳간은 본래 가득 차 있다. 지금 겉으로 보이는 현금 흐름이 잠시 막혔을지언정, 나의 본질적인 부유함, 즉 '나라는 자산'은 절대 줄어들지 않았다.

이것을 깨닫는 순간, '빈이락貧而樂'의 진짜 의미가 살아난다. 가난한데 억지로 웃으라는 뜻이 아니다. 나는 본래 꽉 찬 부자이기에, 지금의 물질적 부족함 앞에서도 다시 본래의 풍요로 돌아가려고 애쓴다. 그러니 애쓰는 이 삶을 당당하게 즐길 수 있다. 얼마나 멋진 배짱인가.

✽ 기적의 사나이, 박위의 빈이락貧而樂

나는 최근 유튜버 '위라클'의 박위 님을 보며 이 빈이락의 실체를 목격했다. 그는 불의의 사고로 전신 마비 판정을 받았다. 신체적인 자유를 잃었다는 것은, 세상의 기준으로 보면 엄청난 '결핍'이자 '가난'이다. 사람들은 그가 절망 속에 있을 거라 짐작했다.

하지만 그는 달랐다. 휠체어를 타고 다시 세상 밖으로 나와 방송을 하고, 강연을 하고, 마침내 사랑하는 사람을 만나 결혼까지 했다. 사람들이 묻는다.

"어떻게 그런 절망적인 상황에서도 웃음을 잃지 않을 수 있나요?"

그의 대답은 명쾌했다.

"저는 사랑하기 위해 태어났습니다. 그래서 그렇게 살기 위해 노력합니다."

그는 자신의 신체적 제약가난을 자신의 존재적 결핍으로 연결하지 않았다. 휠체어를 탔지만, 그는 여전히 사랑을 줄 수 있는 존재였다. 그렇기에 그는 절망 대신 '어떻게 하면 내가 이 상황에서도 행복하게 잘 살아갈 수 있을까?'를 고민했고, 삶을 즐길樂 수 있었다. 이것이 바로 빈이락이다. 가진 것이 없어서가 아니라, 내 존재는 예나 지금이나 부족함이 없기에 어떤 상황에도 기꺼이 즐길 수 있다.

✱ 사유思하고 배우다學

그렇다면 우리는 이 거대한 배짱을 어떻게 내 삶에 적용할 수 있을까? 오래전 통장 잔액이 0원이 되었던 나의 사례를 적용해 보겠다.

1. 사유하기(思): 나의 존재에 대한 재정의

나의 상태: 통장 잔액이 '0원'. 평생 일궈온 자산이 사라져 앞이 캄캄하고 숨이 턱 막힌다.

잘못된 해석 : 나는 실패자야. 돈이 없으니 내 존재 가치도 0원이야. 이번 생은 틀렸어. (가난을 존재의 결핍으로 오해)

올바른 이해 : 아니다. 빈貧이라는 글자를 보니 재물貝을 이미 나누어 주었기分에 비어 있는 상태일 뿐이다. 나는 줄 것이 있었던 사람, 본래부터 풍요로운 '가진 자'다. 지금은 잠시 현금 흐름이 막혔을 뿐, 하늘이 부여한 내 존재의 곳간은 여전히 가득 차 있다.

2. 배우기(學): 빈이락(貧而樂)의 실천

이 사유를 통해 나는 깨달았다. 진짜 부자는 돈의 액수가 아니라, 마음의 여유와 태도에서 나온다는 것을.

적용 : 나는 본래 부자이니, 부자답게 행동하자. 상황이 어렵다고 환경을 원망하지 말고, 나답게 열심히 살자. 돈이 없어도 내 자존감과 품격은 절대 잃지 않겠다. 당당하게 즐기자樂.

이 깨달음 이후, 당시 나는 가진 돈은 없었으나 무엇을 하든 어디에 있든 나 자신의 품격을 절대 떨어뜨리지 않았다. '배짱 있는 척해야지.'가 아니라, 저절로 배짱 있게 되었다. 그렇게 살다 보니, 돈은 절로 따라왔다.

내가 겉으로 보이는 모습이 설령 초라해 보이더라도 나의 본질적인 모습은 하늘만큼 소중한, 절대 부족하지 않은 부자라는 것을 놓치지 말자. 그 사실을 알고 나면 가난해져도 마음의 여유가 사라지지 않는다.

혹자는 '내가 아무리 그렇게 생각해도 사람들은 돈 없으면 무시하는데요?'라고 반문할지 모른다. 그러나 찬찬히 사유해보라. 사람을 존재가 아닌 돈으로 판단하는 그들의 시선이 잘못된 것 아닌가? 자신을 존중한다는 것은 내가 절대 부족하지 않은 존재임을 아는 것이다. 그것만 챙기면 타인의 무시쯤은 가볍게 넘길 수 있다.

내 지인 중에도 사업 실패로 오랫동안 경제적 어려움을 겪은 분이 있다. 그런데도 그는 어찌나 배짱이 두둑한지, 항상 호탕하게 이렇게 말했다.

"뭐 지금은 힘들지만 어디 굶어 죽기야 하겠어?"

이 배짱은 자신의 존재는 절대 부족하지 않다는 믿음에서 나온 것이다. 결국, 그는 자신을 믿고 멋지게 재기하여 지금은 후배들에게 비법을 전수하고 있다.

이제 조금 와 닿을까? 항상 나의 본래 모습인 존재性와 매일 살아가는 삶의 현장道을 구분해서 생각하자. 제아무리 상황이 어렵더라도

'나는 하늘만큼 높고 드넓은 존재'라는 사실을 놓치지 않아야 한다. 그래야 비관 대신, '어떻게 하면 잘 살 수 있을까?' 하며 방법을 모색하는 힘이 생긴다. 그리고 그 힘으로 매일 자신의 꿈을 향해 멋지게 나아간다. 이것이 빈이락貧而樂에서 말하는 진정한 '즐거움樂'이다.

마지막으로, 부이호례富而好禮는 군이 설명하지 않아도 자연스럽게 따라온다. 모든 사람이 부족하지 않은 귀한 존재임을 안다면, 내가 부자가 되었다고 해서 남을 무시하거나 예의 없는 행동을 할 수 있겠는가? 내가 누구인지 올바르게만 잘 챙기면 부자라고 으스대지 않고 저절로 겸손해진다.

그러니, 잊지 말자. 빈이락貧而樂!
나는 이미 부자다!
그러니 쫄지 말고, 배짱 있게 즐기며 살자!

애지리

愛之理

나를 타인과 이어주는 사랑의 이치

"저는 사랑을 받아본 적이 없어서, 줄 줄도 모릅니다."

중견기업의 팀장인 H씨는 직원들과의 관계가 너무 어렵다고 토로했다. 업무 능력은 탁월해 회사에서 인정받는 인재였지만, 팀원들과 밥을 먹거나 스몰 토크를 하는 자리에만 가면 입이 얼어붙는다고 했다. 단순히 대화가 서툰 것이 아니라, 타인에게 따뜻한 눈빛을 보내거나 말을 건네는 것 자체가 불가능한 미션처럼 느껴진다고 했다.

그런 차가운 이미지 때문인지, 팀원들이 그를 뒤에서 '피도 눈물도 없는 냉혈한'이라고 부른다는 이야기를 듣고 그는 큰 충격을 받았다.

"선생님, 저는 어릴 때 칭찬을 들어본 기억이 없어요. 부모님은 늘 엄하셨거든요. 잘하면 당연하고 못 하면 호되게 혼내셨어요.

'사랑한다', '고생했다'라는 따뜻한 말 한마디를 들어본 적이 없는데, 제가 어떻게 남에게 그런 말을 하겠습니까?

제 안에는 그런 데이터가 아예 없습니다."

그는 자신을 '외딴섬'처럼 느끼고 있었다.

타인에게 다가가는 다리가 끊어진 채 고립된 존재. 그는 그것이 자신의 성장 배경 때문이라고, 자신은 태생적으로 결핍된 차가운 사람이라고 단정 짓고 있었다.

그의 쓸쓸한 눈을 보며 나는 물었다.

"그런데 이곳에 찾아오신 걸 보니, 뭔가 안에 뜨거움이 올라오신 것 같은데요? 냉혈한이라면 남들이 뭐라 하든 신경 안 썼을 텐데, 이렇게 괴로워하시잖아요.

그게 바로 '나는 차갑지 않아. 나는 따뜻한 사람이야.' 하고 외치는 내 안의 목소리예요.

그걸 철학에서는 인仁이라고 합니다."

순간 그의 눈에 눈물이 맺혔다. 자신을 냉혈한이라 스스로 칭하지만, 사실은 누구보다 사람들과 잘 지내고 싶어 괴로워했다. 겉모습은 딱딱하고 차가웠을지 몰라도, 그 속에는 그 누구보다 뜨겁게 살고 싶다는 '생명력'이 꿈틀대고 있었다.

 사랑은 정말 배워야만 할 수 있는 기술일까? 사랑받지 못하면, 사랑할 수 없는 걸까?

내 안의 뜨거운 생명력, 인仁을 주자朱子는 정확하게 짚어냈다.

인자 천지지생물지심 인지소득이위심

**인仁이란, 천지가 만물을 낳는 마음이고
사람이 그것을 얻어 자신의 마음으로 삼은 것이다.**

겨울의 언 땅을 뚫고 올라오는 새싹을 보라. 그 작은 싹이 딱딱한 땅을 뚫고 올라오는 힘이 어디서 나오겠는가? 바로 '살리려는 따뜻한 마음', 즉 생물지심生物之心이다. 천지는 잠시도 쉬지 않고 생명을 낳고 기른다. 이 거대한 사랑의 온기가 바로 인仁이다.

놀랍게도, 하늘이 나에게 이 거대한 우주의 사랑의 온기를 내 가슴속에 그대로 이식해 주었다.

H씨가 느낀 그 뜨거움, 그 괴로움이 바로 인仁인 것이다.

부모에게 사랑을 받았든 못 받았든 상관없다. 태어날 때부터 그의 가슴속에는 하늘이 심어준 '사람을 사랑하고 살리려는 본능仁'이 펄떡이고 있었다. 단지 그동안 엄한 환경 때문에 겉이 잠시 얼어붙어 있었을 뿐, 그 안은 한 번도 차갑게 식은 적이 없었다. 그 마음이 자신을 살리려고, 얼음을 깨고 나오려고 꿈틀댄 것이다.

천지가 만물을 낳는 마음은 얼마나 위대한가. 봄이 되면 싹을 틔우고, 여름이면 숲을 이루며, 끊임없이 생명을 낳고 기르기 위해 애쓰는 그 마음. 그 마음이 우리 인간의 마음이 되었으니, 나의 마음은 또 얼마나 거룩한가.

그러므로 H씨의 마음의 원형Originality은 '차가움'이 아니라 '사랑'

이다. 이것은 부모가 주거나 안 주거나 해서 생기는 후천적인 것이 아니다. 사람이라면 누구나 이 '사랑'이 기본값으로 세팅되어 있다. 그러니 "사랑받지 못해 사랑할 수 없다"라는 말은 성립되지 않는다. 부모님의 사랑이 부족했더라도, 더 근원적인 하늘의 사랑이 내 안에 '이치理'로서 꽉 차 있기 때문이다.

✳ 애지리愛之理: 사랑의 이치

주자는 《논어집주》에서 이 사실을 더 명쾌하게 정의한다.

인자 애지리 심지덕야仁者 愛之理 心之德也

인仁이라는 것은 사랑의 이치愛之理이며, 마음의 덕이다.

사랑이 감정이 아니라 이치라고? 이게 무슨 뜻일까?

우리는 사랑을 '배워서' 한다고 착각한다. 그래서 "나는 사랑을 못 배워서 못 해."라고 쉽게 포기한다. 하지만 정말 그럴까? 배고픈 아이가 엄마의 젖을 찾는 것을 배워서 하던가? 누군가를 보고 설레는 마음을 학원에서 배워서 느끼던가? 아니다. 생명은 절로 살아가는 법을 안다. 그것이 자연의 이치다.

사랑도 마찬가지다. 사랑은 학습된 데이터가 아니다. 그것은 우리 존재 안에 새겨진 생명의 원리다. 물이 위에서 아래로 흐르는 것이 이치이듯, 사람의 마음이 사람에게로 향하는 것은 거스를 수 없는 이치다.

H씨의 고민도 그렇다. 그가 사람들과 관계가 어렵다고 고민한다는 것 자체가, 이미 사랑의 씨앗이 꿈틀거리고 있다는 증거다. 그에게 필요한 것은 "사랑하는 법"을 배우는 기술이 아니다. 내 안에 이미 "사랑할 힘"이 있다는 것을 아는 것, 그리고 그것에 대한 믿음이다.

나는 그에게 처방을 내렸다.

"팀장님, 억지로 상냥해지려 하거나 연기하지 마세요.

다만 팀장님 안에 올라오는 그 뜨거운 마음, '잘 지내고 싶다'라는 그 마음을 무시하지 말고 그냥 따르세요. 마음에서 '고생했네'라는 생각이 든다면, 그건 팀장님 안의 '생물지심'이 시키는 겁니다. 그러니 그 소리를 밖으로 꺼내시기만 하면 돼요."

그는 반신반의하며 돌아갔다. 그런데 며칠 뒤, 야근하는 부하 직원에게 툭 한마디를 던졌다고 한다.

"늦게까지 고생이 많네."

아주 짧고 투박한 말이었다. 그런데 그 말을 들은 직원의 표정이 환해지는 것을 보고 그는 전율을 느꼈다.

'아, 나도 타인과 연결될 수 있구나. 나에게도 그 온기가 있구나.'

그는 비로소 자신을 옭아매던 '과거의 결핍'에서 해방되었다. 아무리 자신이 외롭고 차갑다고 느껴지더라도, 내면 깊은 곳에는 타인과 연결되고 싶어 하는 사랑의 불씨가 꺼지지 않고 살아있다는 것을 확인한 것이다.

알면 절로 행해진다. 내 안에 사랑의 씨앗이 있다는 것을 알면, 절로 사랑하게 되어 있다. 사랑은 기술을 연마하듯 배우는 것이 아니다. 내 안에 이미 사랑의 씨앗이 있다는 그 압도적인 사실을 직면하고 '아는 것'이 먼저다.

이치理를 알면 행위는 억지로 짜내지 않아도 댐의 물이 넘치듯 자연스럽게 터져 나온다. 내 안의 '애지리愛之理'를 신뢰하는 순간, 당신은 이미 사랑을 하는 '애지발愛之發'의 상태로 넘어간다.

그러니, 상기하자. 애지리愛之理!
나는 타인과 나를 이어주는 사랑의 씨앗을 이미 품고 있다.
그 씨앗이 있음을 믿는 것, 그것이 사랑의 시작이자 전부다.

양지양능
良知良能

나는 결코 텅 빈 깡통이 아니다

✻

"선생님, 저는 남들처럼 빠릿빠릿하지도 못하고, 대단한 정보력이 있는 것도 아니에요. 이런 제가 앞으로 어떤 선택을 하며 살아야 할지 막막합니다."

"사람들과 관계 맺는 것이 너무 어려워요. 대화법을 배워도 매번 실패해요. 저는 왜 이 모양일까요."

강의 현장에서, 혹은 상담실에서 만나는 수많은 사람은 늘 자신이 '부족하다'라고 호소한다. 세상은 너무나 빠르게 변하고, 알아야 할 지식은 산더미처럼 쌓여만 가는데, 나만 제자리걸음인 것 같아 불안해한다. 그래서 밤을 새워 AI와 씨름하며 일을 하고, 서점에 가서 처세술 책을 사며 끊임없이 새로운 기술을 익히느라 애쓴다.

물론 배움은 중요하다. 급변하는 시대의 흐름을 읽고, 새로운 지식을 내 삶의 무기로 만드는 노력은 필수적이다. 하지만 도구가 아무리 날카롭고 영리해져도 그것을 부리는 주인의 '판단력'과 '진심'이 살아있어야 한다. 그리고 그 능력은 이미 내 안에 있다.

 내가 무엇에 능하고, 무엇을 알고 있는가?

기계가 방대한 정보를 처리해 줄 순 있어도 내가 무엇을 좋아하는지, 어떤 길을 가야 내게 이익이 따를지는 나만이 알 수 있고 나만이 선택할 수 있다. 고전은 이것을 양지양능良知良能이라 했다.

인간사의 수많은 선택 앞에서 길을 가려내고, 엉킨 관계의 실타래를 푸는 근원적인 힘, 양지양능은 내 안에 있다. 우리는 결코 텅 빈 깡통이 아니다.

✳ 이미 장착된 능력

맹자孟子는 인간의 본성에 대해 이렇게 말했다.

인지소불학이능자 기양능야人之所不學而能者 其良能也
소불려지자 기양지야所不慮知者 其良知也

사람들이 배우지 않고도 능한 것은 타고난 능력, 양능이요
생각하지 않고도 아는 것은 타고난 지력, 양지이다.

우리는 흔히 내가 똑똑하지 못해서 삶이 이 모양이라고 자책한다. 하지만 살다가 뭔가 뜻대로 되지 않을 때 이런 생각을 하지 않는가?

'아, 더 잘하고 싶은데 왜 안 되지?'

바로 그 고민을 한다는 사실이 당신 안에 '잘 살고자 하는 지능'이 펄펄 살아있다는 증거다. 무기력한 존재라면 고민도 없다. 망가진 존재라면 아예 포기했을 것이다.

끙끙 앓는다는 것은 내 안의 본성이 나를 더 나은 방향으로 끌고 가려 꿈틀거리고 있다는 뜻이다. 이것은 제아무리 환경이 바뀌고 시대가 변해도 내가 무엇을 해야 행복한지를 귀신같이 찾아내 집중하게 만든다. 이것이 인간이 본래부터 가진 가장 강력한 생존 전략이다.

또한, 이 지능은 단순히 '나 혼자' 잘 사는 데서 그치지 않고 타인과 공존하는 '다정함'으로 확장된다. 우물에 빠지려는 아이를 볼 때 계산기부터 두드리는 사람은 없다. 보는 순간 몸이 먼저 나간다. 이것은 도덕책에서 배운 기술이 아니다. 우리 안에는 소통하고, 사랑하고, 책임지고, 해결할 수 있는 힘이 이미 장착되어 있다.

❋ 이미 알고 계시잖아요

한 부부가 서로 대화가 잘 안 된다며 찾아왔다. 맞벌이하며 집안일 역할을 정확히 분담했는데, 최근 아내가 자기 몫의 일을 거의 하지 않는다는 것이 갈등의 시작이었다.

남편은 참다가 결국 터뜨렸다.

"약속은 약속이지."

"회사 힘든 건 나도 마찬가지야."

"왜 네 몫을 나한테 떠넘겨?"

아내는 입을 닫아버렸다. 이야기를 들어보니 사정이 있었다. 최근 회사 업무가 폭증해 집에 오면 손가락 하나 까딱할 힘이 없었다는 것이다. 미안한 마음은 있었지만, 남편이 상황을 헤아려주기는커녕 다짜고짜 따지기만 하니, 미안함보다는 서러움이 폭발해 입을 닫아버린 것이다.

결국, 남편은 내게 어떻게 하면 좋을지 '부부 소통법'을 물었다. 문제는 스킬이 아니라, 이미 알고 있던 마음을 쓰지 못한 데 있었다.

나는 그에게 무엇을 원하는지를 물었다. 남편은 각자 분담한 집안일을 잘했으면 좋겠다고 답했다. 그 답을 듣고 나는 다시 물었다.

"각자 분담한 집안일을 잘했으면 좋겠고, 아내와도 잘 지내고 싶으시죠?"

그는 잠시 멈췄다.

"…그건 당연하죠."

그 순간 그는 깨달았다. 자신이 원하는 것은 두 가지였다는 것을. 깨끗한 집과 행복한 관계. 그런데 지금 자신은 하나만 쫓다가 둘 다 잃고 있었다.

"아내와 잘 지내고 싶은 마음도 있었는데…. 그걸 생각을 안 했네요.”

나는 그 마음을 짚어 주었다.

“이미 알고 계시잖아요.”

그는 곰곰이 생각한 후 멋쩍은 듯 웃으며 아내를 향해 말했다.

“자기가 집안일을 안 하는 데는 어떤 이유가 있었을 텐데, 내가 당신 상황은 묻지도 않고 따지기만 했네. 미안해.”

그가 ‘공감 대화법’을 몰라서 관계를 망친 게 아니다. 그는 이미 아내를 위로할 수 있는 따뜻한 마음과 능력을 갖추고 있었다. 단지 ‘집안일’이라는 하나의 욕망에만 갇혀 잠시 잊고 있었을 뿐이다.

아내 또한 남편이 속상했을 마음을 자신도 알고 있었는데 잊고 있었다며 남편에게 사과했다. 두 사람은 어떠한 대화의 기술이 아니라, 자기 안에 이미 있던 마음을 꺼내 쓴 것이다. 이것이 양지양능이다. 두 부부는 자신의 마음을 잘 들여다보겠다며 기쁘게 돌아갔다.

❀ 우리는 능력이 없어서 무너지는 게 아니다

내가 무엇에 능하고 아는지가 이토록 중요하다. 그 때문에 지知와 능能에 관한 이야기는 사서四書에 무수히 등장한다. 그중의 《논어》에 이런 말이 있다.

일지기소망 월무망기소능 日知其所亡 月無忘其所能

날마다 자기가 모르는 것을 알고
달마다 자기가 이미 능한 것을 잊어버리지 않으면,

가위호학야이의 可謂好學也已矣

배우기 좋아한다고 할 만하다.

우리는 날마다 모르는 것亡을 채우는 데는 급급하면서, 정작 내가 이미 가지고 있는 능력能은 까맣게 잊고 산다. 진정한 배움好學은 모르는 것을 채우는 것만큼이나, 내가 본래 가지고 있는 능력을 잊지 않고 지키는 것이다.

❋ 나를 믿고 일어서는 힘

내가 그 춥고 막막했던 30대 후반을 견디고 일어선 것도, 그리고 지금 수많은 사람과 소통하며 살아가는 것도 모두 내 안의 이 능력 덕분이다.

타인의 성공담을 쫓느라 불안증에 시달리지 말고, 내 안을 들여다보자. 나를 스스로 동기 부여 시키고, 넘어져도 다시 일으켜 세우는 힘은 바로 내 안에 있다.

나는 결핍된 존재가 아니다. 이미 답을 알고 있고, 해결할 힘을 가진 존재다. 이것을 잊지 않는 순간, 우리는 당당하게 삶을 풀어갈 수 있다.

그러니 상기하자.
양지양능良知良能!
나는 이미 답을 알고 있고,
그것을 행할 능력을 완벽하게 갖추고 있다.

본저신

本諸身

길은 내 몸에서부터 시작된다

"선생님, 성공할 때까지 저 자신은 좀 제쳐두고 살려고요."

한 기업 강의 현장이었다. 내가 무엇을 원하고 좋아하는지를 아는 것이 성공의 시작임을 강조하던 내게, 맨 앞자리의 한 청년이 손을 들고 건넨 말이다. 그의 눈빛은 절박했다.

"솔직히 좋아하는 거 해서는 빨리 성공하기 힘들잖아요. 일단 돈부터 벌어놓고, '자아실현'은 그다음에 해도 늦지 않지 않을까요?"

주변의 청년들도 모두 고개를 끄덕였다. 이것은 그만의 고민이 아니다. 수많은 이들이 이 지독한 혼란 속에 산다.

'나를 잠시 보류하고 성공을 먼저 취할 것인가?'

이 질문은 요즘 시대의 집단적 고백에 가깝다.

나는 안타까운 마음에 되물었다.

"그런데, 나를 제쳐두고 일을 하면 내 몸은 성공할 때까지 홀대받을 텐데, 그때까지 몸이 버텨줄까요?

나를 제쳐둔 삶이 과연 행복할까요?"

청년은 씁쓸하게 웃으며 답했다.

"그때까지는 버텨야죠. 악으로 깡으로라도요."

안타깝게도 얼마 지나지 않아, 그가 심각한 번아웃으로 모든 일을 접고 병원 신세를 지게 되었다는 소식을 들었다. 자신을 잠시 '보류' 하겠다던 다짐이 결국 그의 삶을 멈춰 세우는 결과가 되었다.

❋ 나 없는 성공은 없다

찬찬히 사유思해보자. 오늘 하루를 보내는 데 있어 나를 빼놓고 보낼 수 있는가? 내 몸을 제쳐두고 나의 삶을 살아간다는 것이 가당키나 한 일인가?

우리는 흔히 성공이라는 목적지에 도달하기 위해 '나'라는 존재를 도구처럼 사용하려 한다. 마치 자동차가 고장 나든 말든 엑셀만 밟으면 빨리 도착할 거라 착각하는 것과 같다. 하지만 엔진이 터지면 목적지는 영영 갈 수 없는 곳이 된다. 내 몸이 무너지면 내가 꿈꾸던 화려한 성공의 길도 그 순간 신기루처럼 사라진다.

그래서 《중용中庸》은 단호하게 말한다.

군자지도 본저신 君子之道 本諸身
군자의 길은 자기 몸에 근본을 둔다.

길道은 멀리 있지 않다. 지금 여기, 숨 쉬고 있는 이 몸身에 그 뿌리本가 있다.

❀ 뿌리를 돌보지 않는 나무는 자랄 수 없다

많은 사람이 성공을 '저기 어딘가'에 있는 보물찾기라고 생각한다. 그래서 '여기 있는 나'를 희생해서 '저기 있는 그것'을 잡으려 뛰어간다.

하지만 고전은 순서를 명확히 한다. '저기'에 가려면 반드시 '여기'부터 챙겨야 한다. 내가 서 있는 그 몸身이 바로 뿌리本다. 뿌리가 썩어 가는데 꽃이 피고 열매가 맺힐 리 만무하다.

청년이 놓친 것은 성공이 아니었다. 그는 성공으로 가는 유일한 동력인 '자기 자신'을 놓쳤다. "성공할 때까지 나를 제쳐두겠다."라는 말은 "나무가 자랄 때까지 뿌리는 돌보지 않겠다"라는 말과 같다. 뿌리가 버려진 나무는 거친 비바람은커녕, 작은 산들바람에도 쓰러지고 만다.

✽ 몸身, 하늘의 뜻이 펼쳐지는 소우주

"나를 제쳐두겠다."라는 말은 '내 몸이 보내는 신호를 무시하겠다.' 는 선언과 같다. 피로, 무기력, 우울, 공허. 몸은 계속 말하고 있는데 우리는 듣지 않는다. 미래의 성공을 위해 현재의 나를 불행 속에 방치한다.

그런데 '군자지도 본저신君子之道 本諸身'의 진짜 속뜻은 길道과 몸身이 따로 존재하지 않는다는 것이다. 내가 걷는 몸의 궤적이 곧 길이다.

한자 신身을 가만히 들여다보자. 이 글자는 사람人과 하늘의 이치申가 합해진 형상이다. 즉, 내 몸은 단순히 밥을 먹고 잠을 자는 고깃덩어리가 아니라, 하늘의 이치申를 품고 그것을 세상에 펼쳐내는 존귀한 사람人의 형상이다.

성리학에서는 이를 두고 '리일분수理一分殊'라고 했다. 우주의 거대한 이치理一가 나뉘어分殊 내 몸 안에 온전하게 깃들어 있다는 뜻이다. 그러니 내 몸은 결코 텅 비어있는 껍데기가 아니다. '양지양능'이 이미 세팅된 존재다. 그러니 어찌 이 귀한 몸의 신호를 무시하고 성공을 논할 수 있겠나.

✸ 몸의 소리를 듣는 것이 길이다

성공한 이들 중에는 자신의 몸身이 보내는 신호를 기막히게 잘 알아채는 이들이 많다.

"선생님, 저는 제 몸이 알아서 반응해요. 이건 아니다 싶은 것에는 몸이 먼저 거부감을 느끼더라고요. 그래서 제 몸이 하자는 대로 따라 살고 있어요."

이렇게 말하는 젊은이에게 나는 엄지를 치켜세우며 답해준다.

"그게 바로 군자지도 본저신의 길입니다."

우주의 이치天理, 그 이치를 품은 내 몸身, 그 몸 안에 있는 내 마음心. 이 셋이 어긋나지 않고 하나로 일치될 때 우리는 비로소 '잘 산다'라고 말할 수 있다. 억지로 버티는 삶이 아니라 내 몸이 이끄는 대로 자연스럽게 흐르는 삶, 그것이 진짜 성공으로 가는 가장 빠른 길이다.

그러니 상기하자.
나를 제쳐두고 갈 수 있는 길은, 세상 어디에도 없다.

본저신本諸身!
모든 길은 내 몸에서부터 시작된다.

궁지체

窮之逮

몸이 하는 말, 말이 되는 말

"더는 뭐라고 말을 해야 할지 모르겠어."

20대부터 30대 후반까지 내 손에는 늘 마이크가 들려 있었다. 방송 진행자로, 행사 MC로, 때로는 강단의 강사로. 나는 늘 누군가에게 말을 건네는 사람이었다. 아주 어린 시절부터 나는 '말 잘하는 아이'였다. 말은 곧 나였고, 내 밥벌이였으며, 내 존재의 증명이었다.

그런데 그토록 유창하게 쏟아내던 말들이 어느 날 갑자기 입안에서 딱 멈춰버렸다. 혀끝에서 맴돌기만 할 뿐, 밖으로 나오기를 거부했다. 평생을 말로 먹고살던 내게 찾아온 침묵은 단순한 슬럼프가 아니었다. 마치 내 존재 자체가 지워지는 듯한 공포였다.

대본대로 하는 말, 책 속에서 익힌 말, 이론으로 배운 말들…. 내 안에 가득 차 있던 그 말들은 사실 모두 외부에서 들어온 것들이었다. 그 말들은 정작 내 몸이 진짜 하고 싶은 말과는 괴리가 있었고, 특히 강의나 코칭을 할 때면 그 간극이 더 선명하게 느껴졌다.

"선생님, 이론은 그런데 제 삶에서는 잘 안 돼요. 선생님은 어떻게 하시는데요?"

이런 질문을 받을 때마다 나는 머뭇거리게 되었다. 나 역시 이론이 체험되지 않아 온전히 이해되지 않았기 때문이다. 화려한 '이론의 말'들이 힘을 잃어가자 내 몸은 그것을 기가 막히게 감지했다. 그리고 스스로 납득되지 않는 말을 더 이상 뱉지 못하도록 내 입을 닫아버렸다.

그 긴 침묵의 터널을 지나, 철학을 만나고 나서야 비로소 알게 되었다. 그때 내 입이 막힌 건 병이 아니었다. 그것은 나를 살리기 위한 내 몸의 처절한 몸부림이었다.

❋ 성誠: 말 되는 내 몸

사서四書를 공부하며 나를 전율케 한 글자가 있다. 바로 '성誠'이다. 《중용》의 핵심인 이 글자는 보통 '정성'으로 풀이되지만, 글자를 뜯어보면破字 더 깊은 뜻이 숨어 있다.

성誠 = 말씀 언言 + 이룰 성成

말이 이루어진다. 즉, '말이 되는' 상태다.

이것은 내 몸, 곧 내 본성性과 같은 층위의 말이다. 내 몸은 이미 우주의 이치와 삶의 논리를 품고 있기에, 내 몸에서 우러나온 말이 곧 가장 '말이 되는' 말이라는 뜻이다. 고전에는 몸을 가리키는 글자가 참 많다. 성性, 성誠, 체體, 신身, 궁躬…. 이들은 단순한 육신이 아니라 하늘의 이치를 품은 존귀한 실체다.

그러니 억지로 논리를 꾸며낼 필요가 없다. 내 몸이 느끼는 대로 말하면, 그것이 곧 진실한 말이 된다.

찬찬히 사유思해보자. 나는 지금 내 몸의 말을 하고 있는가? 아니면 남의 말을 흉내 내고 있는가?

《논어》〈이인〉 편에는 내 몸의 소리를 듣는 법이 명확히 담겨 있다.

언지불출言之不出 치궁지불체야恥躬之不逮也

몸에 아직 느낌이 미치지 않아서 마음이 귀 기울이며
행여 놓칠세라 조심스럽게 듣느라, 말이 선뜻 나오지 않는 것이다.

보통 이 문장을 "말과 행동이 일치하지 않는 것을 부끄러워하라." 라고 풀이하며 실천을 강조한다. 물론 맞는 말이다. 하지만 자칫 "실천도 못 하면서 말만 앞서면 안 돼."라는 실행력에 대한 질책으로만

들릴까 봐, 나는 이 문장을 좀 더 깊이 파고들어 보았다.

여기서 핵심은 궁躬을 '몸소 실천하다'의 행동의 뜻이 아니라, 이미 이치를 품은 '몸'으로 보았다. 그리고 치恥, 부끄러움를 단순한 수치심이 아니라, 내 안의 의로움義을 훼손할까 봐 숨을 죽이고 내 몸의 소리에 귀耳를 기울이는 '거룩한 긴장감'으로 본 것이다.

내 입에서 나오는 말이 내 진심인 본성性을 담아내지 못할 때, 몸은 즉각 신호를 보낸다.

'잠깐, 지금 그 말은 나답지 않아.'

그 신호에 응답하여 내 몸이 "그래, 이제 됐어! 이게 진짜 내 말이야!" 하고 승인逮, 미칠 체할 때까지 기다리는 것이다.

이렇게 풀어보면, 단순히 '말한 것을 실천'하는 '언행일치'가 아니라 차원이 다른 이야기가 된다. 억지로 행동을 꿰맞추는 게 아니라, 내 몸의 꽉 찬 소리에 귀를 기울여 따라 말하면 저절로 언행이 일치되는 것이다.

✿ "쉬고 싶어요…." 아이의 몸이 보낸 신호

얼마 전, 초등학생 아들 K의 코칭을 의뢰받았다. K는 책도 많이 읽고 학원도 잘 다니는 모범생이었는데, 갑자기 성적이 떨어지고 우울 증세를 보인다고 했다. 아이와 마주 앉아 물었다.

“K야, 이번 여름방학 때 뭐 하고 싶어?”

K는 기다렸다는 듯 또박또박 대답했다.

“방학 때 책 30권을 읽고 독후감을 쓸 거고요, 수영도 배우고 숙제도 다 할 거예요.”

아이의 대답은 막힘이 없었지만, 마치 준비된 답안지를 읽는 듯했다. 아이의 표정은 전혀 즐거워 보이지 않았고, 어깨는 잔뜩 긴장되어 있었다. 초등학교 2학년생이 방학에 ‘책 30권’이라니. 그건 누구의 말일까? 나는 내심 무엇이 문제인지 알 것 같았다. 아이의 몸이 하고 싶은 말이 입 밖으로 나오지 못하고 있었다. 나는 다시 물었다.

“대단하다! 좋아, 그 계획들 다 하고 나면, 그다음엔 진짜 뭐 하고 싶어?”

그 순간, 팽팽하던 아이의 눈빛이 탁 풀렸다. 그리고 한숨처럼 작은 목소리가 새어 나왔다.

“…쉬고 싶어요.”

이것이었다. 이것이 K의 몸 안에서 터져 나온 진짜 목소리, 몸의 느낌이 닿아 터져 나온 말, 궁지체躬之逮였다.

그동안 외부의 압력이 입을 지배했지만, 몸은 지쳐서 비명을 지르고 있었다. 내면의 소리를 입 밖으로 꺼낸 순간, 아이의 표정은 비로소 이완되었다. 우리는 친구 관계부터 좋아하는 놀이까지 신나게 수다를 떨었다.

나중에 이 사실을 알게 된 부모님은 큰 충격을 받으셨다. 아이를 위한다는 명분으로 자신들의 욕망을 주입하고 있었다는 것을 깨닫고 눈시울을 붉히셨다. 그 후 부모님은 교육 방식을 바꿨고, K는 다시 밝은 아이로 돌아왔다.

말문이 막히는가? 그렇다면 억지로 말을 지어내지 마라. 잠시 멈추고 내 몸의 소리에 귀를 기울여라. 말이 행동을 뒤쫓는 것이 아니라, 몸의 느낌이 말이 되어 터져 나올 때 그 말에는 생명력이 깃든다.

그러니 상기하자. 궁지체躬之逮!
내 몸이 하는 말이, 세상에서 가장 말이 되는 말誠이다.

성발위정

性發爲情

내가 화가 나는 건 매우 마땅하다

"또 화야? 당신 분노조절장애 있는 거 아냐?"

퇴직 후 집에서 보내는 시간이 길어진 B씨는 낯선 고민에 빠졌다. 바로 사람들과의 대화였다. 평생 몸담았던 직장에서는 업무 지시나 보고만으로 충분했다. 체계가 잡힌 조직에서는 필요한 말만 나누면 그만이었다. 하지만 집은 달랐다. 아내와 자녀의 말에 어떻게 공감해야 할지 몰랐고, 자신의 느낌을 표현하는 법은 더더욱 서툴렀다. 소통이 어긋날수록 속이 상했지만 풀 방법을 몰라 결국 화를 터뜨렸다. 그러자 가족들은 그에게 '분노조절장애'라는 차가운 낙인을 찍고 돌아섰다.

"나는 왜 자꾸 화가 날까?"

B씨가 나를 찾아왔을 때, 그의 목소리에는 서운함과 답답함이 가

득했다.

"평생 가족을 위해 일했는데, 이제야 여유를 찾은 저에게 가족들이 너무한 것 같아요. 화내지 말자고 다짐해도 자꾸 터져 나오는 저 자신도 싫습니다."

그의 고민을 듣는 내내 마음이 아팠다. 젊은 날을 가족을 위해 애쓰며 살아오셨을 텐데, 이제야 비로소 숨을 돌릴 수 있는 순간에 얼마나 외로움과 소외감을 느끼셨을까. 얼마나 속이 상했을까 싶었다. 그리고 그간 강의를 다니며 만났던 많은 직장인이 머지않아 마주할 고민 같아, 남의 일 같지가 않았다. 그래서 이 고민을 잘 풀어야겠다는 생각이 들었는데, 희망이 보였다. 핵심은 감정이었다.

"자신의 감정을 몰라서 그래요. 감정이 일어나는 원리를 알면 대화도 술술 풀릴 겁니다. 성발위정性發爲情! 이 네 글자에 그 비밀이 있습니다."

 감정은 소통의 방해물인가? 감정을 배제하고 대화를 하는 것이 가능한가?

우리는 흔히 비즈니스 현장이나 일상 대화에서 감정을 제거해야 할 대상으로 여긴다.

"너무 감정적으로 굴지 마."

이 말은 사실상 "감정을 빼고 판단해"라는 뜻으로 쓰인다. 하지만 정말 감정을 완전히 지울 수 있을까?

나도 화가 날 때도 있고, 슬플 때도 있다. 그럴 때마다 이런 질문을 받곤 한다.

"철학을 공부했는데도 화가 나나요?"

나는 이렇게 답한다.

"사람이니까 화가 나고 슬픈 것이지요."

화나야 할 일에 아무렇지 않고, 슬퍼야 할 순간에 무감각하다면 그것이 과연 온전한 인간일까?

우리는 온종일 감정을 느낀다. 커피 한 잔의 온기에 안도하고, 어제 나눈 대화의 찜찜함 때문에 밤잠을 설치기도 한다. 그런데 우리는 이 감정들을 '조절 대상'으로만 여긴다. 특히 분노는 더 그렇다. 화를 냈다는 사실만 문제 삼으며 "뭐 그런 일로 화를 내?"라고 말을 들을 때, 우리의 분노는 더 거세진다. 왜일까? 내 감정에는 분명 그럴만한 '이유'가 있는데, 상대는 그 이유에는 단 한 번도 마음을 기울이지 않고 오직 '화를 냈다'라는 결과만을 재단하고 있기 때문이다.

고전은 말한다. 우리의 모든 감정에는 정당한 이유가 있다고.

성발위정 性發爲情

내 욕망이 발하는 감정

퇴계 이황은 《성학십도》에서 이 원리를 명쾌하게 풀었다.

본성性이 발현發하여 감정情이 된다. 첫 글자 성性은 앞서 다룬 '천명지위성'의 성이다. 우리가 모두 하늘만큼 소중한 존재라는 뜻이다. 이 소중한 나를 잘 살리고 싶은生 마음心이 곧 욕망欲이다. 즉, 내 안의 본성이 나를 살리기 위해 애쓰는 과정에서 드러나는 것이 바로 감정이다.

내가 간절히 바라는 것欲이 이루어지면 내 몸은 '기쁨'으로 신호를 보내고, 그것이 좌절되면 '화'라는 감정으로 알린다. 감정은 단순한 기분이 아니라, 나를 살리고자 하는 마음이 보내는 신호다.

나 / 존재		삶 / 살아가기	
성性		정情	
살리는生 마음心 = 욕망欲 ~을 바라다	발發	(바라던 것이 추구되면) **기쁘다**	
		(바라던 것이 추구되지 않으면) **화가 난다**	

성발위정性發爲情 : 성性이 발현하여 정情이 된다.

이 원리를 B 씨의 상황에 대입해 보자. B 씨는 왜 화가 났을까?

나 / 존재		삶 / 살아가기	
성性		정情	
살리는生 마음心 = 욕망欲 가족들과 잘 지내기를 바란다	발發	(바라던 것이 추구되면) **기쁘다**	
		(바라던 것이 추구되지 않으면) **화가 난다**	

그의 본성性에는 '가족과 잘 지내고 싶은 간절한 욕망'이 있었다. 평생 가족을 위해 헌신한 그였기에 그 보상이 더욱 절실했을 것이다. 하지만 그 바람이 현실에서 충족되지 않자, 그의 본성은 '화'라는 감정을 통해 이렇게 소리친 것이다.

"나는 지금 가족과 너무나 잘 지내고 싶어! 그런데 안 돼서 괴로워!"

원인을 알게 된 B 씨는 가족을 탓하는 대신 자신의 욕망을 정면으로 마주했다. 그리고 '어떻게 하면 가족과 잘 지낼 수 있을까'라는 자신의 욕망을 실현하는 방향으로 나아갔다. 그는 소설과 시집을 읽으며 굳어있던 감정의 언어를 깨웠고, 매일 자신의 욕망을 기록했다. 그리고 어느 날 가족들에게 진심을 전했다.

"내가 가족들과 정말 잘 지내고 싶은데, 마음처럼 잘 안 돼서 화가 났던 것 같아. 미안해."

그 순간 가족들의 차가운 시선이 녹아내렸다. 화라는 껍데기 안에 숨겨진 '사랑받고 싶고 사랑하고 싶은 아빠의 진심'을 보았기 때문이다.

❀ 감정은 언제나 마땅하다

감정은 스쳐 지나가는 구름이 아니라, 나를 살리는 마음이 보내는 신호등이다. 기쁨, 분노, 슬픔, 두려움. 그 어떤 감정도 버려야 할 오답이 아니다.

모든 감정에는 마땅한 이유가 있다. 그러니 당신의 감정을 믿어라. 화가 난다면 자신에게 물어보라.

"내 안에 어떤 간절한 욕망이 이루어지지 않아 비명을 지르고 있는가?"

그 질문에 답을 찾는 순간, 당신의 감정은 고통이 아니라 나아가야 할 길을 알려주는 나침반이 될 것이다.

그러니 상기하자. 성발위정 性發爲情!
당신의 감정은 언제나 옳다.

택선고집

擇善固執

난 죽어도 싫은 것은 안 해

당신은 단 한순간도 최고를 선택하지 않은 적이 없다

"'나'는 항상 나에게 최고로 좋은 것을 택합니다."

이 말을 강의 현장에서 꺼내면, 곧장 거센 저항이 돌아온다. 청중들은 고개를 절레절레 흔들며 반박한다.

"아닌데요? 현실에 맞추느라 늘 차선책을 택하는데요?"

"목구멍이 포도청이라 억지로 하는 거죠."

정말 우리는 어쩔 수 없이, 하기 싫은 일을 억지로 하며 사는 걸까? 어느 기업 교육 현장에서 있었던 대화다.

"선생님, 저는 솔직히 교육보다 집에서 쉬고 싶었어요. 그런데 회사 눈치 때문에 억지로 온 거죠. 이게 어떻게 최고의 선택입니까?"

"아, 최고의 선택은 집에서 쉬는 것이었군요. 그런데 왜 여기에 계신가요?"

"그야…. 안 오면 고과에 반영되니까요. 그럼 회사 생활이 힘들어지잖아요."

"그럼 회사 생활을 잘하기 위해서 오신 거네요?"

"네…. 뭐 그렇죠"

"그럼 선생님께서는 최고를 선택하신 거 맞는데요?"

"네?"

"선생님은 '집에서 쉬는 것'보다 '회사 생활을 더 잘하는 것'이 나에게 더 이롭다고 판단해서, 스스로 이곳을 택하신 거잖아요. 맞죠?"

"…네."

"그럼 억지로 끌려오신 게 아니라, 더 나은 나의 삶을 위해 스스로 최고의 선택을 하신 겁니다."

그제야 여기저기서 "아…." 하는 탄성이 터져 나왔다.

우리는 나를 살리기 위해 매 순간 치열하게 고민한다. 내가 희생하고 인내하는 그 모든 순간조차, 사실은 나를 살리기 위해 능동적으로 선택한 최선이다.

✽ 택선고집 擇善固執 : 내가 좋아하는 것을 굳게 지킨다

《중용》에 이런 말이 있다.

택선고집 擇善固執

선한 것을 택하여 굳게 지킨다.

여기서 선善은 도덕적인 '착함'만을 뜻하지 않는다. 자전字典을 찾아보면 선善에는 '좋다', '잘 알다', '기꺼워하다'라는 뜻이 담겨 있다.

즉, 택선擇善이란 나에게 이로운 것, 내가 진짜로 좋다고 느끼는 것을 주체적으로 선택하는 일이다. 이것은 의무가 아니라 나의 본능에 가깝다.

찬찬히 사유思해보자. 우리는 선택의 순간마다 정말 나에게 나쁜 것을 택한 적이 있었을까?

앞선 사례의 교육생은 '쉬고 싶은 마음'만 있었던 게 아니다. '회사 생활을 잘하고 싶은 마음'도 분명히 있었다. 다만 그 마음을 알아차리지 못해 자신의 주체적인 선택을 '수동적인 희생'으로 오해했을 뿐이다.

우리 안에는 늘 두 가지 욕망이 공존한다. 성리학에서는 이를 이렇게 부른다.

기질지성 : 나 하나를 챙기는, 땅을 닮은 마음(쉬고 싶다)

본연지성 : 타인과의 관계를 챙기는, 하늘을 닮은 마음(회사 생활 잘하고 싶다)

우리는 늘 이 두 마음 사이에서 갈등한다. 그러나 선택의 순간, 두 마음 중 하나를 버리는 일은 거의 없다. 서로 다른 두 마음이 각자의 자리를 지킨 채 맞물려, 하나의 선택으로 드러난다. 하늘 닮은 마음 본연지성이 옳고 그름의 기준을 세우고, 땅을 닮은 마음 기질지성이 그 기준 안에서 현실에서 가장 좋은 것을 가늠한다. 이처럼 두 마음이 교차하며 하나의 선택을 결정하는 것, 그것이 바로 택선擇善이다. 이 과정에 정성을 다하는 것이 곧 나를 살리는 길이다.

❀ "저는 억울해서 못 살겠습니다"

여전히 "나는 늘 손해만 본다"라고 생각하는 분들을 위해 한 가지 사례를 더 들어보자.

중년 남성 C씨는 부부싸움 때마다 자신이 일방적으로 사과하고 희생한다며 억울해했다.

"선생님, 싸움을 끝내려고 늘 제가 먼저 사과하는데, 아내는 저를 더 무시해요. 저는 왜 바보같이 당하기만 할까요?"

나는 그에게 물었다.

"그럼 참지 말고 화를 내시지 그랬어요?"

"그랬다가는 싸움이 더 커지잖아요."

"싸움이 커지면 어떻게 되는데요?"

"그럼…. 너무나 불행해지죠. 저는 가정이 화목했으면 좋겠거든요."

"그러니까 선생님은 '가정의 화목'을 위해 화를 내지 않고 얼른 사과하신 거네요?"

"그렇죠"

"그렇다면, 선생님은 힘이 없어서 어쩔 수 없이 당하기만 하는 무력한 분이 아니네요. '지금의 억울함'을 푸는 것보다 '가정의 화목'이 나에게 더 소중하기 때문에, 능동적으로 '화를 내지 않겠다'라고 선택하신 거네요"

C씨의 눈동자가 흔들렸다.

"그런…, 건가요?"

"다시 생각해 보세요. 만약 또 싸움이 벌어지면 그때는 화를 내시겠어요?"

"아니요. 아무리 생각해도 저는 또 참을 것 같아요. 선생님 말씀대로 저는 가정이 화목해지길 바라거든요."

"그러니까요. 선생님은 무력한 피해자가 아닙니다. 가정의 화목을 위해서 능동적으로 인내를 '선택'하신 멋진 리더십니다."

그제야 그를 짓누르던 억울함이 풀어졌다. '당한 게 아니라 자신이 선택한 것'이라는 사실을 깨달았기 때문이다.

그날 저녁, C씨는 아내에게 이렇게 말했다고 한다.

"자기가 화낼 때마다 내가 바보같이 당해준다고 생각해서 그동안 정말 억울했거든. 그런데 오늘 공부해보니 내가 당한 게 아니더라고. 당신과 화목하게 지냈으면 하는 마음에, 내가 화를 내는 것보다 참는 게 더 낫다고 판단해서 선택한 거였어. 그걸 깨닫고 나니까 이상하게 억울함이 사라지더라.

결국, 다, 당신과 잘 살고 싶어서 한 선택이었어."

아내는 남편의 이 느닷없는 고백에 몹시 놀란 눈치였다고 한다. 참는다며 침묵했던 남편의 태도가 단순한 회피나 무관심이 아니라, 가정을 지키기 위한 노력이었다는 사실을 아내는 그제야 알아차린 것이다.

우리는 살면서 수없이 양보하고 인내한다. 하지만 그것은 내가 약해서가 아니다. 그 순간, 그것이 나에게 가장 좋았기善 때문에 선택한 것이다. 우리는 어떤 경우에도 최고를 선택하지 않은 적이 없다.

그러니 상기하자. 택선고집 擇善固執!
나는 언제나 나에게 최고의 선택을 하며 살고 있다.

덕불고

德不孤

나는 결코 혼자가 아니다

하늘이 나를 전폭적으로 후원하고 있다

"세상에 나 혼자뿐인 것 같아."

가끔, 군중 속에 있어도 지독한 고독이 밀려올 때가 있다. 휴대전화 속 연락처는 수백 개가 넘고, SNS에는 '좋아요'가 넘쳐나는데, 정작 내 마음 깊은 곳의 이야기를 들어줄 사람은 단 한 명도 없는 것 같은 기분. 그럴 때면 이 넓은 세상에 덩그러니 홀로 남겨진 것 같아 사무치게 외로워진다.

나 또한 그런 시간을 겪었다. 한때 큰 상실감에 빠져 공황장애까지 겪으며 위태로운 나날을 보냈다. 어둠 속에 홀로 서 있는 느낌. 외로움을 넘어 두려움이, 더 나아가 공포가 나를 삼킬 것만 같았다. 누군가에게 손을 내밀고 싶었지만, 아무도 내 손을 잡아줄 것 같지 않왔다.

그때 내 마음속에서 두 가지 목소리가 들렸다.

"아, 너무 외롭다. 정말 미치도록 외롭다."

울부짖는 나의 목소리. 그리고 그 소리를 듣고 있는 또 다른 목소리.

"너 지금 많이 외롭구나. 어떡하니⋯. 불쌍해서 어쩌지?"

나는 울고 있었고, 동시에 울고 있는 나를 바라보며 안쓰러워하는 내가 또 있었다. 그 시선이 나를 다시 일으켜 세웠고, 세상 밖으로 나갈 용기를 주었다. 그때는 몰랐다. 나를 안쓰럽게 바라보는 그 시선이 바로 나를 구원한 '덕德'이었다는 사실을 말이다.

덕불고德不孤

덕이 있는 자는 절대 외롭지 않다.

공자는 《논어》에서 "덕불고 필유린德不孤 必有隣", 즉 "덕이 있는 사람은 외롭지 않고 반드시 이웃이 있다"라고 했다. 외로운 사람들은 이 말을 들으면 도리어 화를 내곤 한다.

"내가 덕이 부족해서 사람들이 곁에 없다는 거야?"

흔히 우리는 덕德을 남에게 베푸는 배려나 도덕적 행동쯤으로 여기기 때문이다. 당장 내가 죽겠는데 덕을 쌓으라니, 이 얼마나 가혹한 말인가.

하지만 여기서 덕德은 도덕 교과서 같은 이야기가 아니다. 덕은 바로 '내 안에서 나를 살리려고 돌보는 또 다른 나'다. 바로 '하늘이 내게 심어준 본성'이다.

동양 고전에서는 이 '나를 걱정하는 마음德'이 하늘로부터 왔다고 말한다. 하늘이 땅을 두루 살펴 만물을 키우듯이, 내 안에도 나를 살리고 지키려는 하늘을 닮은 마음이 존재한다.

이것을 성리학에서는 '천지지생물지심天地之生物之心, 인지소득이위심人之所得以爲心'이라 했다. 하늘이 만물을 낳고 기르는 사랑의 마음을, 사람이 그대로 얻어 자신의 마음으로 삼았다.

이 마음은 내가 태어날 때부터 부여받았고, 내가 죽을 만큼 힘들 때도 단 한 번도 나를 떠난 적이 없다. 내가 매일 애쓰며 살아가는 그 노력은, 내 안에 있는 '덕德'이 나를 돌보고 있어서 가능한 것이다.《중용中庸》은 이 사실을 더욱 감동적으로 확인시켜준다.

찬천지지화육贊天地之化育

나의 본성은 하늘과 땅이 만물을 낳고 기르는 일을 돕는다.

여천지참與天地參

나는 하늘과 땅과 더불어 셋이 되어 참여한다.

보잘것없고 외로운 존재인 줄만 알았던 내가 사실은 하늘, 땅과 어깨를 나란히 하며參 우주의 생명 사업을 돕는贊 당당한 주체라는 선언이다. 내가 그런 대단한 존재라니, 어깨가 절로 펴지지 않는가?

우주가 나의 스폰서다

나는 혼자가 아니다. 우주가 나의 스폰서다. 내가 살아가는 데 필요한 생명력과 회복력을 하늘이 전폭적으로 협찬하고 있다. 내 안에서 "힘내라, 일어나라"고 외치는 그 목소리가 바로 하늘이 보내는 응원이다.

한때 아무것도 내세울 것이 없다고 느꼈을 때 '천명지위성'으로 배짱을 두둑이 챙겼다면, '천지의 화육에 참여한다'라는 이 구절을 보고서는 내 존재가 더욱 빵빵해짐을 느꼈다. 내가 나답게 뚝심 있게 살아갈 수 있었던 것도, 타인과 소통할 때 당당할 수 있었던 것도 다 내 안에 하늘과 같은 든든한 '빽'이 있음을 알았기 때문이었다.

자, 이제 고전의 텍스트로 당신의 외로움도 걷어내 볼까?

❀ 사유思하고 배워學보자

1. 사유하기(思): 내 안의 '큰 나' 기억하기

지금 우울해하는 나를 애타게 바라보는 또 다른 '나'가 있음을 인지하라. 내가 힘들 때마다 나를 '애처롭게 생각하는 그 느낌'이 바로 덕이다. 그 '큰 나'는 나를 사랑하고 지키는 존재며, 내가 잘못되기를 절대 바라지 않는다. 그 존재가 항상 함께하고 있다는 사실을 상기하자.

2. 배우기(學): 마음 빵빵하게 채우고 나와 대화 나누기

든든한 '백Back'이 있다는 것을 알면 안심이 되고, 어느새 외로움은 설 자리를 잃는다. 이제 나를 걱정하는 그 '나'를 믿고 오늘 힘겨웠을 나의 말을 들어보자.

"많이 힘들었지? 지금 가장 무엇을 원해?"

사실 과거에 나를 가장 외롭게 만든 건 남들이 아니라 나 자신이었다. 내가 힘들 때 나를 외면하고, 내가 못났다고 나를 구박했기에 나는 철저히 혼자가 되었다. 내가 나에게 정성을 쏟자, 외로움은 사라지고 단단함이 남았다. 내가 나를 사랑하니德, 자연스럽게 주변에 사람이 모여들었다隣. 그야말로 '덕불고 필유린德不孤 必有隣', 이웃이 생긴 것이다.

지금 외로운가? 그렇다면 밖에서 사람을 찾지 말고 먼저 안으로 들어가라. 내 안에는 나를 죽도록 사랑하는, 하늘을 닮은 내가 기다리고 있다.

그러니 상기하자. 덕불고德不孤!
하늘이 돕고 있는 나는, 결코 혼자가 아니다.

part 2

用

나
사용법

솔성

率性

나를 따르는 것이 가장 행복한 길이다

밤 11시, '딱 5분만'이라며 켠 유튜브 쇼츠Shorts가 어느새 내 새벽 2시를 삼킨다. 3초마다 바뀌는 타인의 화려한 일상을 보고 있자니, 내 인생이 갑자기 초라해진다.

어느 순간부터 나는 내 삶의 주인공이 아니라, 구경꾼이 되어 있다. 내 인생은 멈춰 있는데, 남의 인생만 계속 업데이트되고 있는 것 같다.

그래서 불안해진다.

'도대체 어떻게 살아야 하지?'

그런데, 우리가 길을 잃은 이유는, 길이 없어서가 아니라 나를 버리고 출발했기 때문이다. 남의 지도에는 내 길이 없다.

그렇다면, 난 어디로 가야 할까?

❁ 길道은 내 안에 있다

하지만 내가 갈 길은, 사실 내가 가장 잘 알고 있지 않을까? 지금 남의 지도를 들고 엉뚱한 곳을 헤매고 있다는 사실을, 내 몸이 모를 리 없다.

《중용》의 첫 장은 이 문제를 놀라울 만큼 단순하게 정리한다. 길道은 밖에 있는 것이 아니라, 나性를 따를率 때 비로소 열린다고 말이다.

천명지위성 솔성지위도 天命之謂性 率性之謂道

하늘의 이치를 품은 나, 그 나를 따르며 사는 것이 나의 길이다.

앞서 우리는 '천명지위성天命之謂性'을 통해 내가 하늘만큼 고유하고 귀한 존재임을 확인했다. 그 안에는 나만의 '방향'이 있고, 나만의 '속도'가 있다. 그것을 따르는 삶, 솔성率性이 나의 길이다.

그런데 우리는 자꾸 남들이 좋다는 곳으로 우르르 몰려간다. 나의 본성이 아니라 타인을 따르는 삶, 즉 '솔타率他'를 산다. 내 몸은 A를 원하는데 억지로 B를 주입하니, 탈이 나는 건 당연하다.

수직으로 정렬하라

솔성의 원리를 더 분명히 보기 위해, 글자를 수직으로 세워보자. 삶은 위아래로 정렬될 때 가장 힘이 세다.

天命之謂性
率性之謂道

하늘의 이치를 품은 나
그 나를 따르며 사는 것이 곧 나의 길이다.

이를 더 시각적으로 풀어보면 이렇다.

천天 ↓
성性 ↓
도道

하늘의 뜻이 내 본성으로 내려오고, 내가 그 본성을 따라 살면 그 것이 곧 나의 삶길이 된다. 위에서 아래로 막힘없이 흐르는 '수직의 삶'이다. 이렇게 살면 막힘이 없으니 생기가 돈다. 하지만 SNS에 빠진 우리의 시선은 자꾸 '옆'으로 꺾인다.

"저 나이에 벌써 저런 집에 산다고?"

"해외여행을 저렇게 자주 가다니!"

시선이 옆으로 꺾이는 순간, 내 안의 흐름은 끊어진다. 호스가 꺾이면 물이 나오지 않듯, 시선이 타인에게로 향하면 내 생명력도 막힌다. 그때 찾아오는 것이 우울과 공허함이다.

✿ 그렇다면 '그 성性'은 무엇인가 : '큰 나'와 '작은 나'

여기서 질문이 하나 생긴다.

'나를 따르라'라는 그 '나性'는 도대체 누구인가?

나답게 산다는 것이 무엇인지 알려면, 나를 더욱 정교하게 분석해야 한다. 우리 안에는 두 가지 축이 함께 작동한다.

1. 본연지성(本然之性): 전체와 조화를 이루려는 '큰 나'(리욕理欲)

2. 기질지성(氣質之性): 특수한 나를 챙기려는 '작은 나'(기욕氣欲)

우리가 말하는 '나답다'의 '나'는, 충동적인 욕망작은 나만을 뜻하지 않는다. 본연지성과 기질지성, 이 두 가지를 함께 품고 있는 존재가 바로 나다.

즉, '나다운 삶'이란, 둘 중 하나를 억누르거나 제거하는 것이 아니라, 두 마음을 모두 따르며 사는 것이다. 두 마음이 함께 작동하는 상태, 그것이 내가 가장 '나'다울 때의 모습이다.

하고 싶은 대로 하는 게 정말 나다운 걸까?

강연장에서 만난 30대 직장인 L씨는 요즘 고민이 많다.

"결혼하고 보니, 오직 가족들을 위해서만 사는 것 같아요. 저도 나답게 살고 싶거든요"

나는 이렇게 물었다.

"무엇을 가장 하고 싶으신가요?"

"가끔은 식구들 밥 챙기는 걸 안 하고 카페에 가고 싶고, 혼자 여행도 가고 싶어요."

"그렇게 하시면 되죠."

"… 그런데 아이가 아직 어려서 두고 가기가 맘에 걸려요."

바로 그 '맘에 걸리는 마음'이 본연지성큰 나이 보낸 신호다. L씨는 가족을 챙겨야 하는 것을 '의무'이자 '억압'으로 오해하고 있었다. 하지만 곰곰이 들여다보니, 그 마음 역시 온전한 자신의 진심이었다. 그 마음을 확인하자, 억울함은 눈 녹듯 사라졌다.

"그런데 혼자 여행 가고 싶은 마음은 영영 이룰 수 없는 건가요?"라는 질문에 나는 되물었다.

"방법이 있지 않을까요?"

잠시 생각하던 그녀가 말했다.

"도움을 받으면 가능할 것 같아요."

표정이 한결 부드러워졌다. 마음이 편안해지니, 그동안 보이지 않던 길도 보이기 시작한 것이다.

이처럼 '나만을 챙기고 싶은 나'도 나이고, '함께를 챙기고 싶은 나’도 나라는 사실을 알면, 오해가 풀리면서 자유로워진다. 본연지성과 기질지성은 대립하는 적이 아니라, 함께 작동해야 비로소 ‘나다운 나’가 된다.

✽ 솔성率性, 그렇게밖에 살 수 없는 필연

그래서 솔성은 어렵지 않다. 이 둘을 다 챙겼는지 못 챙겼는지를 내 감정이 이미 알고 있기 때문이다. 두 마음이 하나가 될 때 비로소 자유롭다. 욱해서 싸우고 난 뒤 후회가 밀려온다면 ‘작은 나’만 날뛴 것이고, 상대를 배려한 뒤 마음이 뿌듯하다면 ‘큰 나’와 ‘작은 나’가 조화를 이룬 것이다. 내 감정이 보내는 이 신호만 잘 따라가면 우리는 길을 잃지 않는다.

솔성은 선택이 아니라, 그렇게 하지 않으면 견딜 수 없는 ‘필연’이다. 맞지 않는 옷을 입으면 결국 벗어던지게 되듯, 남들이 좋다는 길이라도 숨이 막힌다면, 그건 내 길이 아니다. 반대로 남들이 말려도 내 가슴이 뛰고 살아있음을 느낀다면, 나는 그 길로 갈 수밖에 없다.

물이 위에서 아래로 흐르는 것이 선택이 아니듯, 나답게 사는 것 또한 거스를 수 없는 흐름이다. 억지로 애쓰는 것이 아니라, 저절로 그러하게 흐르는 삶. 그것이 자유다.

그러니 상기하자. 솔성지위도率性之謂道!

길은 억지로 만드는 것이 아니다.

내 본성이 흐르는 대로 따르다 보면, 길은 저절로 열린다.

중용

나를 믿고 떳떳하게 살자

"나는 어느 편도 들지 않아. 중립을 지킬래."

"감정을 드러내지 않는 게 중용이야. 침착해야지."

많은 이들이 삶의 가치관으로 '중용'을 말한다. 대개 중용을 과하지도, 부족하지도 않은 상태, 어느 쪽에도 치우치지 않는 태도로 이해한다. 그래서 갈등 앞에서는 회색지대에 머무는 것이 지혜인 것처럼 보이고, 감정을 꾹 참는 것이 성숙한 태도처럼 여긴다.

하지만 고전이 말하는 중용은 그런 태도가 아니다. 중용은 감정을 없애라는 말도, 아무 편도 들지 말라는 말도 아니다. 오히려 '내 감정'에 더 정직해지라고 호소한다.

군자 중용 소인 반중용 君子 中庸 小人 反中庸

군자는 자신을 따라 살고,
소인은 자신을 따라 살지 않는다.

흔히 착하게 살라는 도덕적 훈계로 읽히지만, 이 말의 핵심은 이것이다.

"지금 너는, 너 자신을 따르며 살고 있는가?"

❋ 중中, 하늘과 땅 사이 가운데에 있는 나

중용을 이해하려면 먼저 '중中'을 다시 봐야 한다. 중은 단순히 '가운데'가 아니다. 하늘天과 땅地 가운데에 서 있는 존재, 곧 '나'를 뜻한다. 동양에서 말하는 '천지인天地人'이다. 머리는 하늘에 닿아 있고, 발은 땅에 닿아 있다. 그래서 우리 인간은 두 가지 속성을 다 품고 있다.

- **하늘의 성질** : 무엇이 옳은지 아는 시비是非의 판단력
- **땅의 성질** : 무엇을 좋아하는지 아는 선호選好의 감각

우리가 맛있는 것을 먹으면 기쁘고 싫은 소리를 들으면 화가 나

는 이유는 땅에 닿아 있기 때문이고, 그러면서도 '아무리 그래도 이 건 아닌 것 같아'라고 느낄 줄 아는 이유는 하늘에도 닿아 있기 때문 이다.

이렇게 두 성질을 동시에 품고 있는 내 몸, 그 자체가 바로 중中이 다. 실제로 中에는 '가운데'라는 뜻 외에 '신체, 내 몸'이라는 뜻도 있 다. 그리고 이 몸이 아는 것을 사용하는 것, 그것이 바로 용庸이다.

✳ 용庸, 떳떳하게 나를 사용하는 법

용庸은 '쓰다', '사용하다', '의거하다', 그리고 '떳떳하다'라는 뜻 이다.

우리는 언제 떳떳한가? 내 안의 양심을 거스르지 않은 가운데(하 늘), 내가 좋아하는 것들을 챙길 때(땅)다. 즉, 중용中庸이란 내 몸의 신호中를 기준으로 그대로 따르며 떳떳하게 사는 것庸이다. 앞서 말 한 '솔성率性', 즉 '본성을 따른다'는 말과 정확히 같다.

✳ 코나투스 : 나를 살리려는 끈질긴 생명력

그런데, 여전히 이런 의문이 들 수 있다.

"변화무쌍한 감정을 어떻게 믿고 따르라는 거지?"

이 지점에서 스피노자의 말이 중용을 또렷하게 밝혀준다. 그는 인간의 본질을 '코나투스Conatus라고 불렀다.

코나투스란 '나를 보존하고 살리려는 끈질긴 생명력'이다. 단순히 생존하는 것을 넘어, '인간으로서 자신을 지키고 행복하게' 살려고 하는 근본적인 에너지다. 동양철학에서 말하는 '리욕理欲', 즉 '살고자 하는 마음'과 같다. 그 마음이 깃든 이 몸이 바로 중中이다.

✳ 감정의 수동과 능동

스피노자에게 감정은 단순히 스쳐 지나가는 기분이 아니다. 감정은 내 생명력코나투스의 상태를 알려주는 신호다.

우리 몸은 외부자극을 받으면 먼저 반응한다. 심장이 쿵쾅거리고, 얼굴이 붉어지고, 손에 땀이 난다. 스피노자는 이것을 '신체의 변용변화'이라 불렀다. 그다음 우리 마음이 작동하면서 지금 이 변화가 무엇을 의미하는지 해석한다.

- **기쁨**: 나의 생명력코나투스이 커지고 있군.
- **슬픔**: 나의 생명력코나투스이 줄어드네.

이렇게 몸의 변화를 마음이 분석하고 이해한 것, 이것이 감정 Affectus이다.

즉 감정이란, 내 안의 생명력이 지금 펄펄 살아나는지, 아니면 꺾이고 있는지를 몸과 마음이 협동하여 알려주는 것이다.

감정의 진실을 알게 되면, 감정은 나를 휘두르는 것이 아니라, 이해를 요청하는 신호가 된다. 이때부터 감정은 수동passio이 아니라, 이해를 통해 다루어지는 능동actio의 영역으로 넘어간다.

❇ 중용: 내 몸의 신호中를 읽고 따르다

그러니 중용은 중간에 머무는 태도가 아니다. 아무 일도 일어나지 않는 무표정한 상태도 아니다.

중용은 내 몸이 이미 알고 있는 것을 끝까지 따르는 용기다. 감정을 없애는 것이 아니라, 감정을 통해 내 생명력이 잘 보존되고 있는지를 점검하는 것.

그래서 늘 상기하고 이렇게 물어야 한다.

"지금, 나는 내 몸을 따르고 있는가?"
이 질문을 살아내는 삶, 그것이 중용이다.

격물치지

格物致知

감정에 휘둘리지 말고 그 내막을 알자

"선생님… 정말 감사합니다."

강의를 마치고 짐을 챙겨 나오는데 한 교육생이 다급하게 나를 따라나섰다. 그녀는 내 손을 꼭 잡더니, 말을 잇지 못하고 눈물을 펑펑 쏟아냈다. 그날 강의의 주제는 "감정에는 반드시 이유가 있다. 감정을 신호로 받아들이고 그 안의 것을 알아내야 한다."는 내용이었다.

한참을 흐느끼던 그녀가 겨우 입을 떼 말했다.

"선생님 강의를 듣고 제 아버지를 이제야 이해하게 되었습니다. 저희 아버지는 평생 화를 내셨거든요. 집에 들어오시면 늘 소리를 지르고, 작은 일에도 불같이 화를 내셨어요. 그래서 엄마와 저, 동생들은 언제나 살얼음판을 걷는 기분이었죠. 우리 가족은 늘 불행했습니다."

그녀의 떨리는 목소리에서 그간의 고통이 고스란히 전해졌다. 그런데 그녀의 다음 말은 원망이 아니었다.

"그런데 오늘 강의를 들으니… 저희는 늘 화내는 아버지를 원망만 했지, '대체 왜 아버지가 화가 나셨을지', '도대체 무엇이 힘들어서 저렇게 소리를 지르시는지' 한 번도 궁금해하지 않았다는 걸 깨달았습니다.

아버지도 자기 인생에 원하는 것이 있으셨겠구나,라는 생각이 들자 마음이 아팠어요. 아버지의 화에는 분명 이유가 있었을 텐데 말이죠.

이제야 해결할 실마리를 찾은 것 같아서… 너무 기뻐서 눈물이 납니다."

평생 '폭군'이라 여겼던 아버지가 인생을 잘살아 보고 싶었던 사람이었다는 깨달음. 그 진실을 마주하자 그녀의 지옥 같던 기억은 회복의 기회로 뒤바뀌고 있었다.

❀ 감정은 암호다, 해독해야 한다

앞 장에서 우리는 감정이 무엇인지 충분히 살펴보았다. 감정은 제거해야 할 적이 아니라, 내 삶을 살리려는 힘이 보내는 신호라는 것. 그렇다면 이제 이런 질문이 생긴다.

"이 감정을, 어떻게 다룰 것인가?"

대부분 사람은 감정을 없애거나, 눌러두거나, 혹은 감정을 드러낸 사람을 탓하는 데서 멈춘다. 하지만 진짜 원인이 해결되지 않는 한 감정은 사라지지 않는다. 이해되지 않은 감정은 형태만 바꾼 채 다시 반복될 뿐이다.

❋ 격물치지格物致知: 감정의 진실을 알아내는 방법

사서四書 중 하나인 《대학》은 이 문제를 해결하는 명쾌한 방법을 제시한다. 바로 '격물치지格物致知'다.

격물치지格物致知

감정物을 파고들어格 진실知에 이르다致.

여기서 '물物'은 단순히 물건이 아니라 삶에서 마주치는 모든 사건을 뜻한다. 그러니 내 몸에서 일어나는 감정이야말로 우리가 '격물'해야 할 진짜 대상이다. 고전에서는 감정이 일어나는 그 순간, 즉시 반응하여 그 이치를 파고들라고 말한다. 왜냐하면 모든 일에는 반드시 '소이연所以然', 즉 '그렇게 될 수밖에 없는 까닭'이 있기 때문이다.

✴ 감정의 수동에서 능동으로

격물格物이란 감정을 그저 겪고 지나가는 것을 멈추는 일이다. 즉각 그 감정 안으로 깊이 파고 들어가 끝까지 캐보는 것이다.

"도대체 무엇이 좌절되었는가?"

"무엇을 원했기에 이렇게 아픈가?"

이 질문을 따라가다 보면 어느 순간 치지致知에 이른다. 곧, 내가 진짜 무엇을 원했는지에 대한 앎이다.

앞서 우리는 내 안의 욕망性이 발하여 감정情이 된다는 공식, 성발위정性發爲情을 배웠다. 격물치지는 이 공식을 거꾸로 거슬러 올라가는 작업이다. 이미 터져 나온 결과물인 '감정'을 붙잡고, 그 안에 숨어 있는 원인인 '욕망'을 찾아내는 것이다.

바로 이 지점이 감정이 수동passio에서 능동actio으로 전환되는 순간이다. 나는 더는 감정에 휘둘리는 존재가 아니라 감정을 이해하는 주체가 된다.

✴ 아버지의 '화'를 격물치지하다

이제 이 원리를 교육생의 아버지에게 적용해 보자.

- 격물(格物) : 아버지의 화 안의 숨은 '이치(理)'를 파고든다. 화 안에는 반드시 '그럴만한 이유'가 있다. "아버지는 무엇을 그렇게 원하셨을까?"
- 치지(致知) : 진실을 알게 된다. 아직 정확한 답은 몰라도, 한 가지는 분명해진다.

"아버지는 무언가를 간절히 원했지만, 그것이 계속 좌절되었구나."

"가족 부양의 무게가 버거우셨을까? 회사에서 존중받지 못한 상처였을까? 가장으로 인정받고 싶었던 마음이었을까?"

이렇게 파고들자, 비로소 아버지의 '화' 이면에 숨겨진 '욕망'과 '좌절'이 보이기 시작했다.

이것이 바로 치지致知, 앎에 이르는 순간이다.

❋ 진실을 알면, 관계는 회복된다

격물치지를 통해 감정의 뿌리를 알게 되면, 관계는 전혀 다른 국면으로 들어선다. 전에는 아버지가 그저 '폭군'으로 보였다면, 이제는 '위로가 필요한 사람'으로 보인다. 두려움의 대상이 연민의 대상으로 바뀌는 것이다. 이것이 상황의 전복, 관계의 회복이다.

진실을 알게 된 그녀는 이제 아버지에게 다가갈 수 있다.

"아빠, 왜 또 화를 내요!"

대신, 이렇게 말한다.

"아빠, 오늘 많이 힘드셨죠."

아빠를 화나게 한 이유가 있다는 것을 아는 것만으로도 아빠를 향한 말투, 분위기는 이전과 달라질 것이다. 그 다정한 태도만으로도 꽁꽁 얼어붙었던 가족의 관계는 녹기 시작할 것이다. 상황을 억지로 바꾸지 않아도, 이해가 관계를 회복시킨다.

지금도 기억하는 교육생이다. 아버지와 조금은 더 편안해졌기를, 조용히 바라본다.

내가 화가 나거나 우울하다면, 나를 다그치지 말고 격물치지 하라. '나는 지금 무엇을 원했는데 좌절되었는가?' 그 답을 찾아내면, 우리는 감정의 노예가 아니라 감정의 주인이 될 수 있다.

아! 물론 기쁨의 감정을 격물치지 하는 것도 너무나 중요하다. '나는 지금 무엇을 원했는데 이토록 기쁘지?' 이렇게 나의 감정들을 하나씩 하나씩 품고 분석해 이해해보면, 우리는 점점 더 진짜 나를 알아가게 된다.

그러니 상기하자. 격물치지格物致知!
감정 뒤에 숨은 진실을 알면,
위기는 곧 회복의 기회가 된다.

성의

誠意

자아실현하며 행복한 삶 살기

"남들 다 하는데, 저만 뒤처지는 것 같아 불안해요."

이 말은 요즘 가장 흔한 절망의 언어다.

한때 '미라클 모닝'이 열풍처럼 번진 적이 있었다. 새벽에 일찍 일어나 운동이나 공부를 하며 하루를 여는 것인데, 많은 이들이 이를 통해 삶의 활력을 찾았다. 하지만 빛이 있으면 그림자도 있다. Y씨가 그랬다. 그녀는 무리하게 새벽 기상을 시도하다가 오히려 생체 리듬이 깨졌고, 실패했다는 자괴감에 마음의 병까지 얻었다.

물론 자신의 주도하에 치열하게 사는 삶은 훌륭하다. 하지만 문제는 '나에게 맞지 않는 옷'을 억지로 입으려 할 때 생긴다. 코칭을 하며 가장 안타까웠던 점은, 그녀가 이미 충분히 잘 살고 있었음에도, 굳이 남들의 기준에 맞춰 자신을 괴롭히고 있었다는 것이다.

그녀는 직장 생활을 잘 해내고 있었고, 경제적으로 쫓기는 상황도 아니었다. 누구도 그녀에게 새벽 4시에 일어나 영어 단어를 외우라고 강요하지 않았다. 그런데도 그녀는 마치 벼랑 끝에 선 사람처럼 자신을 몰아세우고 있었다.

문제는 그녀가 노력하지 않았다는 데 있지 않았다. 자신의 마음이 원하지 않는 삶에까지 '성의'를 다하고 있었다는 점이 문제였다.

"선생님, 잘 살고 싶은데 저는 왜 자꾸 실패할까요? 의지가 너무 약한 것 같아요."

자신을 '나약한 패배자'라고 탓하는 그녀에게 나는 조용히 물었다.

"그런데 Y씨, 그 새벽 기상이 지금 Y씨의 삶에 정말로 꼭 필요한 건가요?"

"사실 꼭 필요하진 않아요. 그렇지만, 남들은 다 치열하게 사는데 저만 안 하면 도태될 것 같거든요."

"남들을 쳐다보지 말고 자신을 바라봐요. Y씨가 정말로 하고 싶은 건 뭔가요?"

그녀는 한참을 망설이다 툭, 하고 속마음을 내뱉었다.

"사실 저는… . 그냥 조용히 그림을 그리고 싶어요. 그런데 그림을 그리면 왠지 한가한 소리 하는 것 같고, 시간을 낭비하는 것 같아서 억지로 참고 있어요."

그녀가 힘든 이유는 의지가 약해서가 아니었다. 바로 내가 원하지 않는 삶을 살면서도, 그것을 '성실함'이라 착각하고 있었기 때문이다.

✳ 격물치지格物致知 다음은 성의誠意다

앞 장에서 우리는 격물치지를 배웠다. 끝까지 파고들어, 마침내 '내가 진짜 무엇을 원하는지'를 알아내는 과정이다.

그 귀한 진실을 알았는데, 이제 무엇을 해야 할까?

답은 하나다.

그 마음에 정성을 쏟아야 하지 않겠는가.

내가 진실로 원하는 그 마음을 외면하지 않고 정성을 다하는 것. 이것이 바로 성의誠意다. 오늘날 우리가 말하는 '자아실현'이다.

그래서 《대학》 6장은 내 마음을 속이지 말라고 엄중히 경고한다.

소위성기의자所謂誠其意者 무자기야毋自欺也

소위 '내가 진실로 잘 살고 싶은 그 마음'에
정성을 다한다는 것은
스스로를 속이지 않는 것이다.

여오악취如惡惡臭 여호호색如好好色

악취를 싫어하고 아름다운 것을 좋아하듯이 말이다.

차지위자겸此之謂自謙

이를 일러 스스로 기쁘고 만족한다자겸고 한다

《대학》 6장은 얼마나 집요하게 우리 마음을 단속하는지 모른다.

내가 진실로 원하는 그 마음이 '진짜 내 마음'이 맞는지 끝까지 확인시킨다. 악취를 싫어하고 아름다운 것을 좋아하는 것처럼, 자신의 진실한 마음을 속이지 말라고 한다.

내가 느끼는 이 직관적인 감정을 믿고, '나다운 길을 가려는 그 마음意'에 정성을 쏟으면 당연히 기쁠 수밖에 없다. 자아 실현했으니 기쁘고快 만족足하는 것이다. 이것이 자겸自謙이다.

내 인생을 성의誠意있게 산다는 것은, 남들이 다 좋다고 해도 내 마음에 켕기면 안 하는 것, 반대로 남들이 뭐라 해도 내가 진실로 원하면 나아가는 것이다. 이 직관을 무시하지 않을 때, 우리는 스스로 만족하며 살 수 있다.

✳ 신기독愼其獨 : 오직 나만 아는 내면의 소리를 지키는 힘

나 역시 이 문제로 깊이 고민했던 적이 있다. 처음 철학 공부에 빠져들었을 때, 주변의 반응은 차가웠다.

"요즘 세상에 인문학 해서 밥이 나와, 쌀이 나와? 트렌디한 걸 해야 돈을 벌지."

하지만 곰곰이 나를 들여다봤다. 그들처럼 살아야 행복한가? 아니었다.

나는 오래된 고전 책을 펼쳐 들고 한자들과 씨름할 때가 가장 가슴이 뛰었다. 수백 년 전의 지혜가 내 삶에 스며들 때 비로소 살아있음을 느꼈다. 그게 내 뜻意이었다.

자신을 속이지 않는 대가는 달콤했다. Y씨 역시 마찬가지였다. 코칭 후 그녀는 남들 눈치를 보며 억지로 하던 새벽 기상을 내려놓았다. 대신 퇴근 후 동네의 작은 화실에 등록해 그림을 그리기 시작했다. 그러자 몸과 마음도 회복되었다.

내가 나를 속이지 않고, 내 안에서 들려오는 '이건 아니야!', '난 이걸 정말 하고 싶어'라는 소리에 정성을 쏟을 때, 진정한 자아실현이 이루어진다.

물론 이 길은 때로 외롭다. 남들은 다 저쪽으로 우르르 몰려가는데, 나 혼자 이쪽 길을 선택하는 것은 용기가 필요한 일이다. 그래서 《대학》은 성의誠意를 이야기하며, '신기독愼其獨'을 덧붙인다.

흔히 '아무도 보는 이 없을 때도 행동을 조심한다.'는 도덕적 훈계로 알지만, 앞선 맥락과 연결하면 그 의미는 훨씬 깊어진다. 내 마음意은 남들은 모르고, 오직 '나 홀로獨'만 안다. 내가 억지로 하는지, 좋아서 하는지는 나만 안다. 그러니 세상의 소음 속에서도 오직 나만이 아는 내 내면의 소리를 신중하게愼 지키라는 뜻이다.

"너는 알잖아. 네가 뭘 원하는지, 그 마음 놓치지 마."

남을 따라가면 남의 인생을 살 뿐이지만, 나를 지키며 나답게 살면 내 인생의 주인이 된다.

그러니 상기하자. 성의誠意!

남의 뜻이 아닌, 나의 뜻에 정성을 다하자.

그것이 자아실현이다.

수신

守身

나를 닦는다는 것은 나를 지키는 것이다

내가 참 좋아하는 드라마가 있다. 실사와 애니메이션이 결합한 독특한 형식의 드라마 〈유미의 세포들〉이다. 드라마 속 주인공 유미의 머릿속에는 이성 세포, 감성 세포, 사랑 세포 등 수많은 세포가 살고 있다. 그들은 매 순간 회의하고 싸우고 화해하며 유미의 하루를 이끌어간다.

그런데 이 드라마를 보며 가슴이 뭉클해지는 지점이 있다. 그 별의별 세포들이 내리는 모든 판단과 행동의 목적이 단 하나라는 사실이다. 그들은 오직 '나(유미)'를 보호하고 지키기 위해 존재한다. 유미가 상처받지 않게 하려고, 무너지지 않게 하려고 그들은 24시간 깨어서 유미를 지킨다.

이것은 비단 드라마 속 이야기만이 아니다. 우리 안에도 이와 똑

같은 시스템이 존재한다. 나를 살리고, 지키고, 보존하려는 시스템
말이다.

기명차철 이보기신 旣明且哲 以保其身

이미 내 안에 있는 명철함으로 내 몸을 보존한다.

《중용中庸》과 《시경詩經》에서는 우리 안에 탑재된 이 놀라운 보호
시스템을 '기명차철旣明且哲'이라 부른다. 여기서 '밝고明 또 밝다哲'
는 것은 나의 몸과 마음이 모두 환하게 깨어 있다는 뜻이다.

이 문장은 우리의 존재 원리를 꿰뚫는다. 우리는 태어날 때부터
텅 빈 존재가 아니다. 내 안에 이미 갖춰진 본성의 밝음이 몸의 감각
과 신호로 밝게 나타나 내 몸을 보존하게 한다는 뜻이다. 내 안의 세
포들처럼 나의 성정性情은 나를 살리고 보존하는保 쪽으로 작동하고
있다.

그러니 나를 따로 뜯어고칠 필요가 없다. 맹자孟子는 바로 그 이야
기를 더욱 분명히 하고자 한 듯하다. 내 몸과 마음을 먼저 온전히 지
키는 수신守身이 근본임을 강조했으니 말이다.

✽ 수신修身은 곧 수신守身이다

우리는 흔히 수신을 '닦을 수修' 자로 이해한다. 부족하고 못난 나를 갈고닦아 새롭게 고치는 그것으로 생각한다. 하지만 앞서 확인했듯 우리는 이미 밝고 지혜로운旣明且哲 존재다. 이미 훌륭한 시스템이 갖춰져 있는데 무엇을 더 뜯어고친단 말인가?

그러므로 수신修身의 진정한 의미는 이미 내 안에 있는 밝은 본성을 잃어버리지 않도록 '지키는 것守身'이다. 내 몸을 보존하려는 그 본래의 마음을 잘 지키는 행위가 곧 나를 닦는 수신이다.

✽ 체통體統을 지킨다는 것

이 원리를 가장 잘 보여주는 장면이 있다. 우리가 흔히 사극 드라마에서 보는 장면이다. 신하들이 왕에게 엎드려 간청할 때 이렇게 외친다.

"전하! 부디 체통體統을 지키시옵소서!"

왕이 감정에 치우쳐 경거망동하려 할 때, 왕으로서의 품위를 잃지 말라고 호소하는 장면이다. 그런데 현실을 사는 우리에게도 '내 몸'이라는 나라를 다스리는 왕은 바로 '나'다.

가령, 배우자와 말다툼을 하다가 감정이 격해져서, 입 밖으로 내

뱉으면 평생 후회할 막말이 튀어나오려는 찰나를 떠올려보자. 그때 우리 몸은 어김없이 신호를 보낸다. 심장이 쿵쿵 뛰고, 얼굴이 붉어지고, 목소리가 파르르 떨린다. 그것은 단순히 화가 나서가 아니다. 내 안의 세포들이 보내는 절박한 상소문이다.

"전하(주인님)! 지금 그 말을 뱉으면 후회하십니다. 당신의 존엄이 무너집니다. 부디 체통을 지키시옵소서!"

여기서 '지키라'라는 말은 '이미 있다'라는 것을 전제로 한다. 내 안에 체통이 없으면 지키라는 말을 할 수 없다. 우리는 배우지 않아도 무엇이 바른 행동인지, 무엇이 부끄러운 행동인지 이미 알고 있다. 그래서 내가 부끄러운 짓을 하려 하면, 내 몸의 보신保身 시스템이 즉각 신호를 보낸다.

이때 그 신호를 무시하지 않고 "아, 내가 이러면 안 되지!" 하고 마음을 붙잡는 것. 그것이 바로 체통을 지키는 수신守身이다.

그래서,《대학大學》에서는 수신守身이 정신 차리는 것이라 했다.

❋ 정신 차리는 것이 곧 마음공부다

소위수신재정기심자 所謂修身在正其心者
소위 수신이란, 생각을 바로잡는 것이다.

여기서 정심正心, 마음을 바로잡는다는 것은 거창한 것이 아니다. 바로 정신 차리는 것이다. '앗! 체통 지켜야지' 하고 내 몸의 신호를 알아차리는 것이다.

그러니 마음공부나 수양을 너무 어렵게 생각하지 말자. 새로운 지식이나 기술을 연마해야 하는 게 아니다. 유미의 세포들이 유미를 위해 아우성치듯, 내 몸이 나에게 보내는 "나를 지켜줘"라는 신호를 외면하지 않는 것. 그것이면 충분하다. 소중한 나를 지키려守 마음을 기울이자.

상기하자. 기명차철旣明且哲.
나는 이미 나를 지킬 수 있는 지혜로움으로 가득 차 있다.
그것으로 나를 지키자.

지인용

知仁勇

지혜를 품은 용기로 헤쳐나가자

❀ 용기란 어디서 나오는 것일까?

중년이 되어보니, 삶에서 가장 필요한 덕목이 '용기'라는 생각이 든다. 변화무쌍한 세상을 살아가면서 휘둘리지 않고 내가 나답게 사는 데는 용기가 참 중요하다. 그런데 우리는 왜 살아가면서 점점 더 작아지는 기분이 들까?

삶의 위기는 능력이 줄어서가 아니라, 나를 속이는 데 너무 익숙해졌기 때문에 온다.

싫어도 좋은 척, 아니어도 맞는 척. 그렇게 내 안의 질서가 무너지다 보니, 정작 나를 지킬 힘은 사라져 버린 것이다.

우리는 흔히 용기를 '두려움을 이겨내는 마음'이라고 생각한다.

남이 뭐라 하든 쪼그라들지 않는 배짱, 누가 반대하든 나만의 길을 가는 의지력 같은 것 말이다. 그래서 소심한 자신을 탓하며 이를 악물고 버티려 애쓴다. 하지만 관계에서 필요한 용기는 상대를 이기는 용기가 아니라, 나를 잃지 않는 용기다.

《중용中庸》에서는 이 '나를 잃지 않는 용기'의 출처를 아주 깊고 정교하게 다루고 있다. 5-3-1의 구조로 풀어내 어떻게 판단하고 행동해야 하는지를 현실적인 매뉴얼을 보여준다.

천하지달도오 天下之達道五

이 세상을 사람답게 살아가는 도리가 다섯이 있고,

소이행지자삼 所以行之者三

그것을 행하는 바는 셋인데,

지인용 知仁勇 삼자 三者 천하지달덕야 天下之達德也

지인용 이 셋은 인간에게 갖추어진 보편적 덕이다.

소이행지자일야 所以行之者一也

그리고 이 셋을 실행하게 하는 것은 하나다.

1단계 : 다섯, 겉(현상)

우리가 마주하는 삶의 현장

우리가 눈을 뜨면 마주하는 것은 무엇인가? 바로 '관계'다.

부모와 자식, 상사와 부하, 남편과 아내, 형님과 아우, 그리고 친구. 우리 삶의 희로애락은 모두 이 관계 속에서 일어난다.

이 관계들이 잘 굴러가는 데 필요한 덕목들이 바로 우리가 익히 들어온 친의별서신親義別序信이다.

서로 사랑하고親, 의리를 지키고義, 각자의 역할을 존중하며別, 질서를 잡고序, 믿음을 주는 것信. 이것이 우리가 바라는 삶의 모습이다. 하지만 현실은 녹록지 않다. 관계는 늘 꼬이고 마음은 흔들린다.

그렇다면 이 관계를 잘 풀어갈 방법은 없을까? 여기서 고전은 2단계로 우리를 안내한다.

2단계 : 셋, 안(원리)

내 안의 소프트웨어 '지인용知仁勇'

눈앞의 복잡한 관계를 풀어내기 위해 내 안에 탑재된 세 가지 도구가 바로 지인용知仁勇이다. 흥미롭게도 이 원리는 서양 철학자 플라톤이 말한 '혼의 3분법'과 놀랍도록 닮았다. 플라톤은 우리 영혼이 이성(헤아림), 욕망(사랑함), 기개(결단함)의 세 부분으로 작동한다고 보았다.

첫째, 지(知): 먼저 무엇이 옳은지 시비를 가린다.(이성)

둘째, 인(仁): 내 삶을 뜨겁게 사랑하고 갈망한다.(욕망)

셋째, 용(勇): 기꺼이 감내하기로 결단한다.(기개)

삶의 결정은 늘 이 순서로 이루어진다.

내가 옳다고 판단했고知,

그 길이 내가 원하는 삶이기에仁,

그래서 기꺼이 감내하기로 결단하는 것勇이다.

나를 오래 지켜본 분들이 가끔 이렇게 얘기하신다.

"인호 씨는 진짜 용기 있는 사람이에요. 그 어려운 상황을 어떻게 헤쳐나왔어요?"

그럼 난 이렇게 대답하곤 했다.

"옳은 일이고 제가 좋아하는 일인데 뭐가 무섭겠어요? 스스로 거리낄 게 없으니 용기가 샘솟던데요."

나중에 고전을 만나면서 이 용기의 정체를 알게 되었다. 그것은 맹목적인 배짱이 아니라, 지혜를 품은 용기였다.

단 하나의 진리 성誠

지혜와 사랑과 용기, 이 훌륭한 도구들을 움직이게 만드는 단 하나의 마스터키는 바로 성誠이다.

흔히 성誠을 '정성'이나 '성실함'이라 해석하지만, 성誠의 진짜 의미는 훨씬 더 본질적이다. 성誠이란 '우주의 논리理' 그 자체다. 그것은 내 몸에 새겨진 '이치'의 다른 이름이다. 그러니 우리는 내 몸에 정성誠을 다할 수밖에 없다.

남들은 다 적당히 타협하고 넘어가는 부당한 관행 앞에서, 나도 슬쩍 눈감으려 할 때 가슴 한구석이 서늘해지는 것. 이익을 위해 순간 진실을 외면하는데 심장이 쿵쿵 뛰는 것. 이것은 내 몸이 보내는 진실한 신호다.

"주인님, 그러지 마세요. 그건 당신답지 않아요."

내 몸은 이미 이치理를 알고 있기에, 그 이치에 어긋나는 순간 신호(떨림, 울림, 불편함)를 내보낸다. 바로 이 몸의 진실한 논리를 속이지 않고 그대로 따르는 상태, 그것이 성誠이다.

내가 나에게 정성을 다할 때誠, 비로소 상황을 제대로 보는 지혜知가 발동하고, 상대를 사랑하며 살고 싶은 욕구仁가 살아나면, 기꺼이 나를 던질 진짜 용기勇가 발휘된다.

결국, 답은 내 몸 안에 있다. 세상 사는 게 복잡하고 관계가 힘들다고 느껴질 때, 밖에서 답을 찾지 말자.

1. 겉(5): 관계가 꼬였는가?

2. 안(3): 시비를 가리고(知), 내가 좋으면(仁), 기꺼이 감내하는 용기

   (勇)가 생긴다.

3. 핵(1): 무엇보다, 내 몸의 소리에 솔직하자(誠).

삶이 힘들 때 상기하자. 지인용智仁勇!

용기는 지혜와 사랑이 챙겨지면 저절로 터져 나온다.

지성

知性

행동은 의지가 아니라 '앎'을 따라간다

강의장에서 청중들에게 종종 묻는 질문이 있다.

"여러분, '쓰레기를 버리지 마세요'라고 적힌 표지판 아래에는 왜 항상 쓰레기가 수북할까요?"

다들 피식 웃으며 대답한다.

"양심이 없어서요."

"실천 의지가 약해서죠, 뭐."

그럼 나는 이렇게 말한다.

"아닙니다. 사람들이 쓰레기를 버리는 이유는 실천 의지가 약해서가 아니에요. 그들은 '버리면 안 된다'는 것을 아는 게 아니라, 사실 '여기에 버려도 별 탈이 없다'는 것을 알고 있어서 버리는 겁니다."

이 말을 듣는 순간, 강의실에는 '아…' 하는 탄식과 함께 정적이 흐른다.

우리는 흔히 행동하지 못하는 자신을 보며 '의지박약'이라 자책한다. 하지만 대부분은, 문제는 '의지'가 아니다. 문제는 '앎'이다.

우리는 '안다.'라고 착각한다. '쓰레기를 버리면 안 된다.'라는 것은 머릿속에 저장된 정보일 뿐이다. 하지만 내 몸이 실제로 반응하는 '진짜 앎'은 다르다.

'남들도 다 버렸는데 뭘'

'나 하나 더 버린다고 세상이 무너지나?'

라는 생각이 내 안에 더 강력하게 자리 잡고 있다. 그러니 나는 내가 진짜로 믿고 있는 앎(버려도 된다)을 충실히 실행했을 뿐이다.

❋ 행동이 변하지 않는 건 의지가 약해서가 아니다

행동이 변하지 않는 건 내 안의 '앎'이 제대로 챙겨지지 않았기 때문이다.

우리는 아는 대로 행동한다. 그래서 사서四書는 하나같이 '배움學'과 '앎知'을 강조한다. 고전이 끊임없이 '공부하라'고 말하는 이유는 지식을 많이 쌓아 똑똑한 사람이 되라는 뜻이 아니다.

이것을 끊임없이 점검하라는 뜻이다. 내가 믿는 앎이 바뀌면, 행동은 굳이 노력하지 않아도 저절로 바뀐다.

건강이 중요하다는 걸 '진짜로' 아는 사람은 누가 시키지 않아도 운동화를 신게 된다. 내 몸이 망가지고 있다는 사실을 '진짜로' 알아차린 사람이 단번에 술과 담배를 끊어내는 장면을 우리는 종종 목격한다. 그것은 갑자기 독한 의지가 생겨서가 아니다. 비로소 '아, 나는 살아야겠다'라는 진짜 앎이 온몸에 사무쳤기 때문이다. 이것이 바로 지성知性이다.

우리가 흔히 "지성인답게 행동하자"라고 말할 때, 그것은 단순히 말투가 점잖은 것이 아니다. 어려운 단어를 쓰는 능력도 아니다.

진짜 지성은 '지혜로운 마음知慧'을 바탕으로 '지식 활동知識'을 하는 능력이다. 차가운 지식만 휘두르는 것이 아니라, 그 지식이 올바른 방향으로 쓰이도록 따뜻한 지혜가 받쳐주는 상태. 내 안의 잘못된 앎을 수정하고, 올바른 앎을 선택할 줄 아는 능력, 그것이 지성이다.

그렇다면 그 올바른 앎은 어디서 구해야 할까?

우리는 아주 익숙한 사자성어 하나를 떠올리게 된다. 바로 온고지신溫故知新이다.

온고지신 溫故知新

오래된 지혜를 따뜻하게 품고 새로운 것을 배운다.

온고지신은 《논어》 〈위정〉편에 나오는 말로, 보통 '옛것을 익히고 새것을 안다.'라고 알고 있다. 하지만 여기서 '옛것故'은 단순히 흘러간 과거의 역사나 낡은 지식만을 말하는 게 아니다.

여기서 오래되었다는 것은 '영원하다'는 뜻이다.

고故란, 아주 오래전부터 있었고, 지금도 유효하며, 앞으로도 변치 않을 진리다. 바로 자연의 이치이자, 인간의 본성이다. 그리고 놀랍게도 그 오래된 진리는 이미 내 안에 들어와 있다.

플라톤은 이를 '상기Anamnesis'라고 했다. 배움이란 새로운 것을 주입하는 게 아니라, 영혼이 이미 알고 있던 진리를 다시 '기억해 내는 과정'이라는 것이다.

이 대목에서 유독 눈길을 끄는 글자가 있다. 바로 '온溫'이다.

온溫은 '익힌다'는 뜻 외에 '복습하다', '따뜻하다', '데우다'라는 뜻이 있다. 식어버린 국을 다시 따뜻하게 데우듯, 바쁜 세상살이에 치여 차갑게 식어버린 내 안의 양심을 다시 꺼내 따뜻하게 데우는 것이 바로 '온고溫故'다. 내 안에 있는 오래된 진리를 다시 꺼내어 복습하는 것이다.

우리는 이미 답을 알고 있다. 남에게 상처 주면 안 된다는 것, 정직하게 살아야 떳떳하다는 것. 어릴 때부터 알았고 내 몸에 새겨진 진리들이 바로 지혜知慧다. 문제는 모르는 게 아니라 식어버린 것이다.

그래서 지성인知性人은 지식을 많이 가진 사람이 아니다. 내 안에 이미 있는 그 따뜻한 지혜知慧를 바탕으로 새로운 지식知新과 상황을 분별하며 행동하는 사람이다. 마음이 지혜로 데워져 있기에, 내가 무엇을 잘못했는지를 누구보다 빨리 알아차리고 기꺼이 바로잡는 사람이다.

❋ 지성인의 대화법

부부 싸움이나 친구와의 논쟁을 떠올려보자.

상대가 실수했을 때, '똑똑하기만 한 사람'은 자신의 지식을 총동원해 상대의 잘못을 조목조목 지적한다. 그의 말은 모두 맞다. 하지만 결과는 어떤가? 상대는 상처를 받고 관계는 얼어붙는다. 이것은 지식이지만, 지성은 아니다.

반면 지성인知性人은 다르다. 그 역시 상대가 틀렸다는 것을 안다. 하지만 그는 잠시 멈춰 서서 온고溫故한다. 내 안의 오래된 지혜인 '사람에 대한 예의'와 '상대를 아끼는 마음'을 상기한다. 그런 다음 이렇게 말한다.

"당신 말에도 일리가 있어. 그렇게 보니 새로운 면이 보이네. 다만 이 부분은 이렇게 생각해보면 어떨까?"

그는 지식을 칼처럼 휘두르지 않는다. 상대를 베는 대신, 상대를

돕는 도구로 쓴다. 지혜로운 마음이 지식 활동을 이끄는 것, 이것이
바로 우리가 일상에서 보여줄 수 있는 지성인의 모습이다.

그러니 상기하자. 난 이미 지성인知性人이다.
행동을 탓하지 말고, 내 안의 앎을 점검하자.
앎이 바로 서면 행동은 따라온다.

대외민지

大畏民志

나의 뜻을 먼저 크게 경외하라!

❋ 권위를 잃지 않고 사람을 움직이는 법

"선생님, 따박따박 말대꾸하는 부하직원 때문에 미치겠습니다. 어떻게 해야 할까요?"

기업 강의 후 질의응답 시간에 A 팀장이 털어놓은 고민이다. 일을 시키면 "이건 이래서 안 됩니다", "그건 저래서 힘듭니다"라며 사사건건 토를 단다는 것이다. 회의는 늘 언쟁으로 번지고, 권위는 흔들리는 느낌이 든다고 했다.

이 난감한 상황, 리더라면 누구나 한 번쯤 겪어봤을 것이다.

나는 A 팀장에게 되물었다.

"팀장님, 그 직원과의 대화에서 팀장님이 진짜로 원하는 건 뭔가요? 그를 이기는 건가요? 아니면 일이 잘되는 건가요?"

그는 잠시 침묵하다가 말했다.

"솔직히 이기고 싶은 건 아닙니다.

저는 그냥 일이 잘 진행됐으면 좋겠어요. 그리고 그 친구도 좀 성장했으면 좋겠고요. 우리 팀이 성과를 내는 게 제 목표죠."

바로 이것이다. A 팀장이 진짜 원하는 것은 '언쟁을 피하는 것'이 아니라 '일을 되게 하는 것'이다. 이것이 그의 진짜 뜻志이다.

❀ 내 안의 백성을 먼저 살펴라

《대학》에 인용된《서경書經》에는 이런 말이 나온다.

대외민지大畏民志

백성의 뜻을 크게 경외하라.

이 말은 흔히 '통치자가 백성民의 뜻志을 두려워하고 존중하라'라는 의미로 이해된다. 그래서 자칫 이렇게 오해하기 쉽다.

'아, 결국 참으라는 거네? 부하직원의 말을 다 들어주라는 거구나.'

하지만 이 문장의 핵심은 '순서'다.

여기서 '백성'은 타인이기도 하지만, 그보다 먼저 '내 안의 백성', 즉 '나 자신'을 뜻한다. 그러니 대외민지는 타인의 뜻을 살피기 전에, "나의 뜻志을 먼저 크게 경외하라"라는 말이다.

✼ 뜻을 잃으면 감정에 휘둘린다

A 팀장의 뜻志은 분명했다 '부하직원을 이기는 것'이 아니라 사실은 '일이 잘되기를 바라'는 것이었다. 하지만 직원의 말대꾸가 시작되자, 그 뜻志은 온데간데없이 사라지고 '감정싸움'만 남아 버렸다.

이때 기준이 되어주는 것이 바로 내 안의 '찜찜함'이다.

직원을 힘으로 눌러도 찜찜하다. 그렇다고 억지로 참고만 있어도 찜찜하다. 왜일까? 내 안의 뜻志이 찜찜함으로 신호를 보내는 것이다.

"주인님, 이건 우리가 원하는 방향이 아니에요!"

그래서 《대학》에는 '대외민지大畏民志' 바로 앞에 이런 설명이 붙는다.

"감정을 속이는 자, 곧 '무정자無情者'는 자기 말이 거짓처럼 느껴져 끝까지 다하지 못한다."

내 안의 '찜찜함', '불편함', '욱하는 마음'을 무시하지 말라는 뜻이다. 오히려 두려워하고畏 따르라는 것이다.

뜻志이 마음의 장수가 될 때

맹자는 이 원리를 한 문장으로 정리했다.

지기지수志氣之帥

뜻志이 나의 '욱하는 마음氣'을 이끈다帥.

자꾸 자극 받으면 내 안에 욱하는 마음이 널뛴다. 화도 나고, 억울하기도 하다. 그런데 이때 이 마음을 다스릴 수 있는 유일한 존재는 장수帥인 '나의 뜻志'이다.

'나는 이 프로젝트를 성공시키고 싶다'라는 뜻志을 명확히 세우면 어떻게 될까? 날뛰던 감정들이 그 뜻 아래로 정렬된다.

그러면 이렇게 보이기 시작한다.

'저 직원이 따지는 게 밉지만, 가만히 들어보니 프로젝트의 위험 요소를 말하고 있네?

내 뜻(성공)을 이루려면 저 친구의 말이 필요하겠구나.'

이렇게 되면 직원의 말대꾸는 더는 '공격'이 아니라, 내 뜻을 이루기 위한 '정보'가 된다. 나의 뜻이 바로 서니, 감정도 차분해지고 비로소 직원의 뜻도 보이기 시작하는 것이다.

사유思하고 배우다學

A 팀장은 나의 이야기를 듣고 고개를 끄덕였다. 그리고 우리는 이 상황을 대외민지와 지기지수의 원리에 대입해 찬찬히 사유思해보자.

1. 사유하기(思):그가 바라는 뜻(志) 살펴보기

직원은 왜 그렇게 따졌을까?

그 역시 실패가 두려웠거나 잘하고 싶었을 것이다. 혹은 자신의 방식도 인정받고 싶었는지도 모른다.

표현은 거칠었을지언정, 결국 우리의 뜻志은 같은 방향을 바라보고 있었다.

2. 배우기(學): 서로의 언어가 다름을 이해하고 적용하기

어떻게 대화할 것인가?

"나는 이번 일이 잘되길 바라네. 자네도 그렇지?

내가 무엇을 도와주면 일이 더 잘 되겠나?"

A 팀장은 이렇게 속뜻志을 알고 나니 마음이 한결 편해졌다고 했다. 그의 얼굴에 비로소 여유가 묻어났다.

나의 뜻을 크게 경외大畏하여 중심을 잡을 때, 비로소 타인의 뜻도 보이기 시작한다. 내가 먼저 나를 존중해야 남을 움직일 여유도 생기는 법이다.

그러니 상기하자. 대외민지大畏民志!

"나는 지금 무엇을 원하는가?"

"나의 뜻志은 어디에 있는가?"

사부주피

射不主皮

제발 남의 과녁 좀 쳐다보지 마

"선생님, 동창회만 다녀오면 제가 너무 초라해집니다."

30대 후반, 두 아이의 아버지 K씨의 고민이다. 그는 나름대로 열심히 살아왔다. 성실하게 직장 생활을 했고, 큰 부자는 아니지만 알뜰히 모아 작은 집도 마련했다. 가족들과 오순도순 지내는 저녁 시간이 그에게는 큰 행복이었다.

그런데 얼마 전 동창회에 다녀온 후, 그 행복이 와장창 깨져버렸다. 누군가는 강남의 아파트로 이사를 갔다고 했고, 누군가는 주식으로 대박이 나서 조기 은퇴를 한다고 했다. 그들의 화려한 무용담을 듣고 집으로 돌아오는 길, K씨는 갑자기 자신의 삶이 너무나 시시하게 느껴졌다.

'나는 그동안 뭐 하고 살았나?

언제까지 이렇게 아등바등 살아야 하나?’

자괴감이 밀려왔다.

이건 K씨만의 문제가 아니다. 우리는 지금 인류 역사상 가장 치열한 ‘초경쟁 사회’를 살고 있다. SNS를 켜는 순간, 남들의 화려한 성공이 실시간으로 전시된다. 분명 5분 전까지 내 삶에 만족하고 있다가도, 스마트폰 한번 들여다보면 순식간에 불행한 패배자가 되어버린다. 고백하자면, 나 역시 누군가 결승선에 도달했다는 소식을 들으면 그 순간 마음이 흔들릴 때가 있다.

도대체 언제까지 남들과 비교하며 달려야 할까? 이 끝없는 달리기를 멈출 방법은 없을까?

❋ 비교라는 지옥에서 벗어나는 활쏘기의 지혜

그 답을 《논어論語》는 의외의 곳에서 제시한다. 바로 ‘활쏘기’다.

사부주피射不主皮

활쏘기는 가죽을 뚫는 데 주력하지 않는다.

‘사射’는 활쏘기이고, ‘피皮’는 가죽을 뜻한다. 옛날 과녁은 가죽으로 만들었는데, 힘이 센 사람은 화살로 그 가죽을 뚫고 지나가곤 했다. 하지만 활쏘기의 본질은 거기에 있지 않다.

활쏘기의 본질은 가죽을 뚫는 힘에 있는 것이 아니라, 과녁을 맞히는 적중에 있다.

이어 이런 말이 이어진다.

위력부동과 爲力不同科

사람마다 타고난 힘의 크기가 다르다.

힘을 기준으로 경쟁하면, 힘이 약한 사람은 출발선부터 패배자가 된다. 그런 경쟁은 공정하지 않다. 그러니 활쏘기의 진짜 승부는 '누가 더 힘이 센가'가 아니라 '누가 자기 과녁에 정확히 맞혔느냐'에 있다.

✼ 타인과 비교 : 힘자랑을 하고 있진 않은가?

우리가 괴로운 이유는 인생을 '가죽 뚫기(힘자랑)' 게임으로 착각하기 때문이다. 누가 더 큰 집에 사는가? 누가 더 연봉이 높은가? 누가 더 높은 지위에 올랐는가? 이것은 모두 '힘'의 영역이다.

힘을 기준으로 삼으면 인생은 지옥이 된다. 나보다 힘센 사람은 세상에 널리고 널렸기 때문이다. 강남 아파트를 사도, 더 비싼 펜트하우

스에 사는 친구를 보면 불행해진다. 끝이 없는 게임이다. K씨가 불행해진 이유도 바로 여기에 있다. 그는 충분히 잘살고 있었음에도, 친구들의 '힘(돈, 집)'을 보고 자신의 삶을 평가절하해 버린 것이다.

그런데 찬찬히 사유思해보자. K씨는 정말 실패한 인생일까?

그는 제힘으로 집을 마련했고, 사랑하는 가족과 저녁을 먹으며 웃을 수 있는 삶을 꾸렸다. 그는 정말 행복했다고 했다. 그는 이미 자신의 과녁에 정확히 화살을 적중시킨 명사수다.

그런데 갑자기 남의 과녁을 쳐다보느라, 자신이 명중시켰다는 사실을 잊어버린 것이다. '어? 쟤는 가죽을 뚫어버렸네? 나는 못 뚫었는데….' 하며 자신을 깎아내린 것이다.

활쏘기는 가죽을 찢는 차력 쇼가 아니다. 나의 과녁의 한복판, 즉 내 삶의 행복에 닿았느냐가 유일한 승부처다.

✳ 나의 과녁은 어디에 있는가

찬찬히 사유思해보자. 나는 언제 기분이 좋은가? 나는 어떤 순간에 살아있음을 느끼는가?

이것이 바로 '나의 과녁'이다. 사람마다 힘이 다르듯, 사람마다 과녁도 다르다.

어떤 이는 성취에서 기쁨을 느끼고, 어떤 이는 관계에서, 어떤 이는 조용한 독서에서 행복하다. 남의 과녁에 10점을 쏘아봐야 그건 내 점수가 아니다. 남을 이기는 삶이 아니라 나를 맞히는 삶. 그게 사부주피가 말하는 자유다.

나는 K씨에게 이렇게 말했다.

"K님은 이미 명중하셨습니다. 아주 훌륭하게요. 남의 과녁을 쳐다보느라 고개를 돌리지만 않으면, 당신은 언제나 승자입니다."

그러니 상기하자.

사부주피射不主皮!

활은 가죽을 뚫으라고 있는 게 아니라,

과녁을 맞히라고 있는 것이다.

당신의 화살은 지금 어디를 향하고 있는가?

남의 과녁인가, 아니면 당신의 행복인가?

수사입기성
修辭立其誠

내 말을 다듬는 건, 결국 나를 살리는 일이다

"방송을 하셨으니 말은 기가 막히게 하시겠네요?"

나는 종종 이런 오해를 받는다. 방송을 했고, 강의를 하니 당연히 청산유수일 거라 생각하는 것이다.

사실 나도 한때는 '말의 기술'에 집착했다. 정확한 발음, 매끄러운 호흡, 사람의 마음을 훔치는 화려한 수식어, 명언을 적재적소에 배치하는 순발력 같은 것들 말이다. 내 느낌보다 이러한 말의 기술들에 능해야 '말을 잘한다'고 믿던 시절이었다.

그런데 어느 순간, 내 말이 턱 하고 막혀버렸다. 입에서는 유려한 문장들이 쏟아져 나오는데, 정작 내 마음은 텅 빈 느낌이었다.

책에서 배운 말들, 기술로 빚어낸 문장들은 상대에게 좀처럼 닿지 않았다. 그렇게 나의 말의 길이 어긋나기 시작하자 말과 나의 존재가 분리되기 시작했다.

말은 멈췄고, 나는 다시 근본적인 질문 앞에 섰다.

'도대체 말은 어디에서 나오는 걸까?'

❊ 말은 입보다 몸이 먼저 한다

흔히 동양 고전의 정수라 불리는 《논어論語》를 도덕 교과서로만 생각하기 쉽다. 하지만 글자를 가만히 뜯어보면, '논할 논論'에 '말씀 어語', 말 그대로 '말을 논한 책'이다. 공자가 제자들과 대화를 나누며 삶 속의 논리를 고스란히 담은 책이 바로《논어》다.

그렇다면 동양철학에서 말하는 '논리'란 무엇일까? 복잡한 명제를 증명하는 것일까? 아니다. 동양철학에서 말하는 논리는 아주 단순하다. 바로 '자연스러움'이다.

❊ 내 몸의 느낌과 내 입의 말이 어긋나지 않는 상태

영화 〈작은 아씨들〉에 인상적인 장면이 나온다. 돈 많은 남자와 결혼하겠다는 에이미에게 로리가 비꼬듯 던지는 대사다.

"너희 어머니 딸 입에서 나오기엔, 말이 좀 이상한데?(It does sound odd…)"

문법이 틀려서가 아니다. 사랑을 가르친 어머니 밑에서 자란 에이미의 '본질(몸의 언어)'과, 돈을 좇겠다는 '말(입의 언어)'이 서로 어긋났기 때문이다. 말은 내 몸이 품은 천성天性을 배반하지 못한다. 그래서 천성, 곧 나의 진심과 다른 말을 내뱉을 때, 우리는 직감적으로 안다.

"어? 말이 좀 이상한데?"

논리가 깨진 것이다.

우리는 흔히 머리로 생각해서 말을 한다고 착각하지만, 말보다 먼저 반응하는 것은 언제나 우리 몸이다. 억울한 일을 당하면 가슴이 먼저 답답해지고, 사랑하게 되면 심장이 먼저 뛴다. 이 몸의 반응, 이 느낌이야말로 꾸밈없는 내 안의 '첫 번째 말'이다. 이것이 바로 나의 본성, 성誠이다.

《주역周易》〈건괘 문언전〉에는 이런 말이 나온다.

수사입기성修辭立其誠

말을 다듬어 나를 바로 세운다.

여기서 '수사修辭'는 단순히 말을 화려하게 꾸미는 미사여구가 아니다. '이상한 말'이 되지 않도록, 내 안에서 올라오는 몸의 소리를 가장 적확한 단어로 말을 고르고 닦는 일이다.

"이 말이 정말 내 말인가?"

"이 표현이 내 느낌과 맞는가?"

내가 하려는 이 말이 내 몸이 진짜 하고자 하는 말誠과 일치하는 지를 끊임없이 맞춰보는 치열한 성찰의 과정이다.

PART 1에서 말한 '궁지체躬之逮'처럼, 내 몸이 승인하지 않는 말 은 결국 나를 무너뜨린다. 머리로 꾸며낸 말은 입에서 맴돌지만, 진 실은 심장을 뛰게 하고 가슴을 울린다. 내 몸이 가장 먼저 반응하는 정직한 느낌, 그것이 바로 성誠이다.

성誠은 말言 되는成 몸이라서, 내 몸이 느끼는 말을 그대로 믿고 따르면 된다.

나는 이 사실을 학위 논문을 쓸 때 온몸으로 체험했다. 꽉 막혀 있 던 논문의 물꼬를 터준 글자가 바로 이 성誠이었다. 어느 날 문득, 이 글자가 책 밖으로 걸어 나와 내 머리부터 발끝까지를 관통하며 '성 誠! 성誠! 성誠!' 하고 울리는 듯한 전율을 느꼈다. 그때 알았다. 아, 이 글자는 머리로 읽는 게 아니구나. 내 몸이 외치는 소리구나.

말을 다듬는다는 것은 곧 이 느낌을 회복하는 일이다. 그렇게 말 을 닦다 보면(수사修辭), 자연스럽게 내 안의 진심이 바로 서게(입기성 立其誠) 된다. 말이 곧 나를 세우는 도구가 되는 것이다.

《논어》에도 "말은 뜻이 전달되면 그만이다(수사이이의修辭而已矣)"라 고 했다. 화려한 기교보다 내 몸의 느낌과 진심이 상대에게 오롯이 닿는 것이 말의 핵심이다.

✸ 떨리는 마음도 말의 일부다

스피치 코칭을 하다 보면 많은 이들이 '긴장'을 숨기려 애쓴다. 중요한 워크숍 사회를 맡게 된 한 과장님이 잔뜩 주눅 든 표정으로 찾아왔다.

"선생님, 제가 말주변이 없어서 너무 걱정돼요. 사람들 앞에만 서면 염소 목소리가 나고 머리가 하얘지는데 어떡하죠?

안 떨고 멋지게 말하는 법 좀 알려주세요."

나는 그에게 기술을 가르쳐주는 대신 이렇게 물었다.

"과장님, 이번 워크숍을 통해 청중들에게 진짜로 전하고 싶은 마음은 뭐예요?"

그는 잠시 생각하더니 진지한 눈빛으로 말했다.

"사실 저희 팀이 이 워크숍을 정말 정성스럽게 준비했거든요. 사람들이 그 정성을 좀 알아봐 주셨으면 좋겠고, 다들 즐겁게 보내고 가셨으면 좋겠어요. 딱 그 마음뿐이에요."

"바로 그거예요. 그 마음을 그대로 전달하세요."

"그래도 너무 떨리는데요?"

"떨리는 그 마음, 그 감정까지 그대로 전달해 보세요. 그것도 과장님의 진심이니까요."

그는 반신반의하며 무대에 올랐다. 그리고 준비한 원고 대신 마이크를 잡고 이렇게 말했다.

"여러분, 제가 사실 지금 무척 떨립니다. 저희 팀이 이번 행사를 정말 열심히 준비했는데, 혹시라도 실망하실까 봐 걱정돼서요. 부디 즐겁게 함께해 주셨으면 좋겠습니다.”

결과는 대성공이었다. 진심이 담긴 떨림과 호소력 있는 눈빛에 청중들은 큰 박수로 화답했다. 잘 보이려는 욕심 대신, ‘진실한 마음’을 있는 그대로 표현했기에 그의 존재가 바로 선 것이다.

❋ 나를 살리기 위해, 말을 찾자

요즘은 AI가 글도 써주고, 말도 다듬어주는 시대다. 프롬프트에 “감동적인 축사 써줘”, “거절하는 메일 정중하게 써줘”라고 입력하면 순식간에 매끄러운 문장들이 쏟아져 나온다. 참 편리한 세상이다.

하지만 경계해야 할 것이 있다. AI가 알려준 말을 그대로 복사해서 붙여넣는 순간, 그 말에서 ‘나’는 사라진다. 내가 내 마음을 들여다보고, ‘이 단어가 맞나? 이 표현이 내 몸의 느낌과 일치하는가?’ 고민하는 사유思의 과정이 생략되기 때문이다.

수사입기성修辭立其誠은 내 말을 내가 직접 다듬어 나를 확인하는 과정이다. 내가 무슨 말을 하는지도 모르는 채 떠드는 것은 영혼 없는 인간이 되는 길이다.

말이 꼬이면 내 삶도 꼬인다. 반대로 내 말을 정렬한다는 것은 곧 내 삶을 정렬한다는 뜻이다. 내 몸의 소리를 듣고, 그것을 내 언어로 표현할 때 우리는 비로소 생생하게 살아있음을 느낀다.

기술이 아니라, 말을 닦자. 말을 더듬어도 좋다. 그 안에 당신의 진짜 말, '성誠'이 담겨 있다면, 그 말은 이미 충분히 훌륭하다.

그러니 상기하자. 수사입기성修辭立其誠!
내 말을 정성껏 다듬는 것,
그것이 결국 나를 살리는 길이다.

반구저기신
反求諸其身

찌그러진 나를 다시 회복하기

고전 공부를 하며 내게 가장 큰 위안을 주었던 글귀를 꼽으라면 단연 '반구저기신反求諸其身'이다. 삶이 힘들고 고달플 때, 세상 그 누구도 내 편이 아닌 것 같을 때, 나를 맞이해 주는 가장 든든한 백이 바로 '내 몸'이라는 사실을 알려주었기 때문이다.

이제 중년의 길목에서 지난날들을 갈무리해 보니, 한때 삶의 무게에 눌려 납작하게 쪼그라들었던 나를 비로소 잔잔한 미소로 마주하게 된다. 하지만 그때의 나는, 웃음은커녕 숨 쉬는 것조차 버거울 만큼 참 많이 찌그러져 있었다. 난생처음 해보는 방송에서 공개적으로 망신을 당하기도 했고, 용기 내 고백했던 남자에게 차이기도 했으며, 인생이 한 차례 크게 고꾸라진 뒤에는 '돈 없다'는 이유로 무시를 당하기도 했다. 나의 흑역사를 고백하자면 끝도 없다.

그런데 그 모든 순간, 바닥에 붙어버린 나를 다시 쫙 펴 일으켜 세워준 건 바로 내 몸身에 대해 바르게 알고부터였다.

❋ 찌그러진 우유갑이 펴지던 순간

마흔이 다 된 나이에 재정적으로 힘들어졌을 때, 나는 다시 용기를 내 사회로 나갔다. 그 무렵, 사회적 명성과 부를 가진 한 인물을 만났는데, 그의 말과 표정, 태도 하나하나에서 노골적인 무시가 묻어났다.

순간 눈물이 핑 돌았지만, 문득 이런 생각이 스쳤다.

'환경은 언제든 바뀔 수 있어. 하지만 언제든 바뀌는 그 환경이 나의 정체성을 바꿀 수는 없어.'

나는 여전히 나를 소중히 여기는 사람이고, 존엄한 존재다. 이 사실은 내 앞에 있는 저 무례한 사람도, 이 세상 그 누구도 예외가 아니다.

그 생각에 이르자, 납작하게 찌그러져 있던 내가 갑자기 '붕' 하고 세워지는 기분이 들었다. 마치 발에 밟혀 찌그러졌던 우유갑에 공기가 차오르며 본래의 빵빵한 모습으로 회복되는 것처럼 말이다. 그러자 신기하게도 그 순간, 내 눈앞에 그 사람이 오히려 납작해 보였다.

‘사람을 겉모습만 보고 대하는 속 빈 강정이구나.’

그 순간 나는 귀한 ‘나’로 돌아와 자신을 스스로 회복시켰다. 이것이 바로 ‘반구저기신’의 힘이다.

❋ 내 안의 ‘자기원인’을 찾아라

우리는 보통 나를 증명할 때 무엇을 가졌는지, 어떤 자리에 있는지를 본다. 그것은 눈에 보이는 평면적인 나일 뿐이다. 하지만 더 근본적인 나身는 깊이가 있는 존재다.

나는 이미 우주를 닮아 나를 살리려는 생명력, 그 자체인 ‘천리天理’를 품고 있는 존재다. 내 몸 안에는 어떤 절망 속에 있더라도 나를 다시 일으켜 세우려는 질서와 힘이 이미 들어 있다. 그래서 이 천리는 환경에 의해 훼손되지 않는다. 내가 누구인가를 결정하는 가장 깊은 권위는, 언제나 내 안에 있다.

땅地에서 이리 치이고 저리 치이며 납작해졌던 내가, 내 안의 하늘天을 인식하는 순간 공간이 생긴다. 납작하게 눌려 있을 때는 보이지 않던 내 존엄이, ‘어? 나 그런 사람 아닌데?’ 하고 치밀어 오른 감정을 붙잡고 사유하니 존재가 입체로 살아난다.

《중용》에서는 이를 활쏘기에 비유한다.

사유사호군자射有似乎君子

실저정곡失諸正鵠

반구저기신反求諸其身

**활쏘기에는 군자의 도와 비슷한 것이 있으니,
정곡을 맞히지 못하면
자기 몸으로 돌아가 그 원인을 구한다.**

앞서 '사부주피射不主皮'에서 말했듯, 활쏘기의 주체는 '나'이고, 과녁 또한 내 안에 있다. 정곡을 맞히지 못했다는 것은 내가 원했던 삶이 제대로 실현되지 않았다는 신호다. 그때 몸은 '찜찜함'이라는 느낌으로 신호를 보낸다.

이때, 그 신호를 무시한 채 바깥만 탓하지 말고, 다시 내 몸으로 돌아가 물어야 한다.

"내가 왜 이렇게 기분이 안 좋지?"

그 질문을 따라 살펴보면, 그 안에는 '내가 진짜로 원했던 것', 리욕理欲이 있다.

리욕理欲이란, 잘 살고 싶다는 인간의 가장 근원의 욕망이다. 타인의 기준이나 환경에서 억지로 주어진 목표가 아니라, 내가 나답게 살고 싶어 하는 내 삶의 원점이다. 스피노자는 이 원점을 '자기원인'이라 불렀다. 다른 무엇 때문이 아니라, 오직 삶이 자기 자신으로부터 출발하는 상태라는 뜻이다.

그래서 반구저기신反求諸其身은 결코 '내가 무엇을 잘못했는가'를

155

따지는 질책의 말이 아니다. '내가 무엇을 궁극적으로 원했는지'를 확인하여 찌그러진 나를 다시 입체로 만드는 회복의 시작이다.

"아, 내가 잘못된 게 아니었구나. 내가 나를 이토록 살리고 싶어해서, 내 안의 리욕이 이토록 뜨거워서 마음이 신호를 보냈던 거구나!"

✽ 마흔 해를 가둔 어린아이를 만나다

어느 날, 예순을 훌쩍 넘긴 신사 한 분이 찾아오셨다. 그는 평생 사람들 앞에서 자신감이 없는 것이 고민이라고 했다. 여러 공부를 해봤지만, 늘 속이 채워지지 않는다고 했다. 미세하게 떨리는 그의 목소리에서 나는 그의 리욕理欲을 보았다.

"자신감은 겉이 아니라 존재를 세워야 회복됩니다. 선생님은 자신을 어떻게 생각하세요?"

내 질문에 그는 한참을 망설이다

"저는 저를 못난 사람이라고 생각합니다."

라고 답했다. 그러고는 또 한참을 머뭇거리시더니, 어렵게 수십 년 전의 기억을 꺼냈다. 시골에서 서울로 전학 온 첫날, 세련된 도시아이들 앞에서 초라한 옷차림과 사투리 때문에 자기 이름조차 말하지 못하고 멍하니 서 있다 들어왔던 자신의 어린 시절의 이야기였다.

그는 그날 이후부터 자신을 '그깟 것도 못 하는 못난 사람'이라 여기며 미워해 왔다고 했다.

나는 다시 물었다.

"그때 그 아이는, 앞에 나가서 정말 무엇을 하고 싶었을까요?"

"… 말을 잘하고 싶었죠. 당당하게요."

"그럼 그 아이는 누구보다 잘살고 싶었던 거네요. 지금의 선생님처럼요."

그는 순간 놀란 듯 한동안 말을 잇지 못하더니 이내 눈물을 흘렸다. 평생 '잘하지 못한 아이'라고만 여겼던 그 존재가 사실은 '누구보다 잘살고 싶어 애썼던 자기 자신'이었음을 확인한 순간이었다.

그는 코칭을 마치고 집으로 돌아가는 길에, 늘 구부정하던 등에 과거의 어린아이가 당당히 돌아와 합쳐지는 전율을 느꼈다고 했다. 그날 이후 그의 자신감은 완전히 다른 차원의 것이 되었다.

상기하자.
내가 찌그러진 것 같다면, 즉시 내 몸으로 돌아가라.
타인의 시선이나 환경이라는 발에 밟혀 납작해지지 마라.

반구저기기신反求諸其身!
내 몸은 평면이 아니라 우주를 품은 입체다.
그 안의 '자기원인'을 찾는 순간,
당신은 언제 어디서든 다시 팽팽하게 차오를 것이다.

이제 내 몸이라는 든든한 백을 얻었다.

무너지지 않을 중심도 생겼다.

그렇다면 이제 한 걸음 더 나아가 볼 차례다.

나를 바로 세운 우리는,

이제 이 세계를 어떻게 살아가야 할까.

Part 3에서 그 본격적인 '세상과 소통하기'의 여정을 시작해 보자.

행동을 탓하지 말고, 내 안의 앎을 점검하자.
앎이 바로 서면 행동은 따라온다.

2부

세상과 소통하기

part 3

通

세상과 소통하기

- 사람관계와 일

경기사이후기식
敬其事而後其食

일이 무엇인지 알면 절로 공경하며 하게 된다

✽

"선생님 언제부턴가 제 일이 너무 지루해졌습니다. 그러다 보니 우울증이 찾아왔어요."

J씨는 10년 넘게 직접 빵을 만들며 가게를 운영해온 제빵사다. 처음에는 빵이 좋아서 시작했다. 반죽을 치대는 촉감, 오븐에서 갓 구워진 빵의 온기, 손님들이 "맛있어요" 하고 웃을 때의 뿌듯함. 그 모든 것이 기쁨이었다. 그런데 어느 순간부터 마음이 식었다. 손님도 줄었고, 일도 재미가 없어졌다.

그는 자신이 왜 우울한지도 알지 못했다. 손님이 줄어서일까, 일이 재미없어서일까. 그저 다시 생기를 찾고 싶었지만, 매일 반복되는 일상에서 그것은 쉽지 않았다.

나는 그에게 뻔하지만 중요한 질문을 던졌다.

"사장님은 어떤 일을 하시나요?"

"그야 빵을 만들죠."

"그럼 그 빵은 누가 먹나요?"

"손님들이죠…. (잠시 생각하다) 대체로 아침을 거르고 출근하는 분들이 많이 찾아요."

그 대답을 듣고 나는 말했다.

"그렇다면, 사장님은 매일 아침 식사를 거른 사람들에게 하루를 버틸 힘을 건네는 일을 하고 계시네요!

J씨는 내 말이 그저 거창하고 식상한 위로라고 느꼈던 모양이다. 그날 이후 그는 나를 찾지 않았다. 그러다 석 달 뒤, 그는 갑자기 문을 열고 들어오더니 활짝 웃으며 말했다.

"선생님 저 우울증이 사라졌습니다. 감사 인사를 드리러 왔어요."

그는 예상대로 그날 나의 말이 너무 뻔하다고 생각했다고 한다. 하지만 다음 날 여느 때처럼 빵을 만들고 가게 문을 열었는데, 갑자기 손님들이 다르게 보이기 시작했다. 늘 같은 샌드위치를 사가던 직장인이 그날따라 눈에 들어온 것이다.

'오늘도 아침을 거르고 출근하는구나.'

이전까지는 별다른 감흥이 없었는데, 그날따라 손님의 사정이 느껴지자 이상하게 마음이 움직였다.

'맛있게 드시고 하루 힘내세요!'

이 한마디가 저절로 마음속에서 떠올랐다.

그날부터 가게 문이 열릴 때마다, 사람들의 얼굴이 보이기 시작했다. 누가 어떤 빵을 좋아하는지, 무엇을 필요로 하는지 보이기 시작했다. 그렇게 손님들을 위해 빵을 구운 지 석 달이 지났다. 매출이 크게 오른 것도 아니었지만 어느새 우울증이 사라졌다.

그는 활짝 웃으며 말했다.

"신기하게도, 일이 다시 재미있어졌어요."

❀ 당신은 누구를 위해 일을 하는가?

찬찬히 사유思해보자. 우리는 누구를 위해 일을 하는가?

아마 열에 아홉은 '나를 위해' 혹은 '돈을 벌기 위해'라고 답할 것이다. 그 말이 완전히 틀린 것은 아니다. 그러나 순서를 다시 생각해보자.

플라톤의 《국가》에서는 이렇게 말한다. 겉으로 보면 나를 위해 일하는 것 같지만, 사실 우리의 일은 언제나 타인을 향해 있다.

제빵사인 J씨는 자신이 먹으려고 빵을 만드는 것이 아니다. 아침을 거르고 나온 손님들을 위해 빵을 굽는다. 버스 기사는 승객을 위해 운전하고, 가전제품의 생산자는 더 편리한 생활을 원하는 사람들을 위해 일을 한다. 나 역시 내가 읽기 위해 글을 쓰는 것이 아니라, 누군가에게 도움이 되기를 바라는 마음으로 글을 쓴다.

이렇게 모든 일은 결국 타인을 향해 있다.

일의 본질은 상대에게 편익을 제공하는 것이다.

그렇다면 돈은 무엇인가?

"그래도 결국 돈을 벌려고 하는 거 아닌가요?"

맞는 말이다. 그런데 순서를 잘 챙겨야 한다.

플라톤은 보수돈를 '감사의 다른 형태'라고 본다. 내가 상대에게 유익을 주었을 때, 그가 건네는 "고맙습니다."가 바로 보수다.

그러니 순서가 있다. 편익이 먼저이고, 보수는 그다음이다.

경기사이후기식敬其事而後其食

**먼저 일을 공경하고,
그다음에 녹을 먹는 것이다.**

《논어》에도 같은 지혜가 있다. '경기사敬其事', 자기가 하는 일을 고마워하며 경건하게 임하면, '이후기식而後其食', 돈은 자연스럽게 따라온다는 뜻이다.

왜 고전은 동서양을 막론하고 이토록 순서를 따질까? 일을 돈의 관점에서만 바라보면, 정작 내 일로 인해 편익을 얻는 '사람'을 놓치기 때문이다.

한 회사를 운영하는 어느 대표의 말이 떠오른다.

"결국, 경영은 시스템이에요. 사람은 그때그때 교체하면 됩니다."

이 말을 듣고 당시 깜짝 놀랐던 적이 있다. 아니나 다를까, 그 회사는 잦은 이직으로 몸살을 앓았다. 돈만 좇으면 사람을 잃는다.

내가 빵을 왜 굽는지 잊는 순간, 나는 '돈 버는 기계'가 된다. 그러면 일의 생기를 잃고, 사람도 떠난다.

그러니 순서를 기억하라.

사람을 먼저 보면 돈은 자연히 따라온다.

"내가 하는 일이 누구에게 도움이 되고 있는가?"

이 질문을 자신에게 던져보자.

그 답을 찾는 순간, 당신은 지금보다 더 깊이 일과 사랑에 빠질 것이다. 그리고 그런 사람에게 돈도 더 잘 따라오게 마련이다. 나도 내 글을 읽고 있을 독자들을 생각하며 부디 도움이 되길 바라는 마음으로 정성껏 쓰고 있다.

그러니 상기하자.

경기사이후기식敬其事而後其食!

내가 지금 하는 일에 정성을 다하는 것,

그것이 세상과 가장 멋지게 소통하는 방법이다.

이재발신

以財發身

내 몸이라는 자산을 경영하라

❋

앞 장에서 우리는 경기사이후기식敬其事而後其食을 살펴보았다. 일을 먼저 공경하면 돈은 그 뒤를 따른다는 삶의 순서에 관한 이야기였다.

그렇다면 여기서 한 걸음 더 들어가 물어보자. 일을 공경하는 '나'는 지금 바로 서 있는가? 그 일을 감당해내는 당신의 '몸'은 온전한가? 일이 먼저라면, 그 일을 해내는 몸은 '더' 먼저여야 한다.

《대학大學》은 바로 이 지점에서 우리 삶의 전도된 순서를 바로잡는다.

생재유대도生財有大道 (…)
인자이재발신仁者以財發身

불인자이신발재 不仁者以身發財

재물을 낳는 데에는 큰 도리가 있다. (…)
어진 사람은 재물로써 몸을 일으키고
어질지 못한 사람은 몸으로써 재물을 일으킨다.

이 구절의 핵심은 돈을 얼마나 버느냐가 아니다. 무엇을 수단으로 삼고, 무엇을 근본으로 삼느냐의 문제다.

❋ 發身발신: 나를 일으켜 세우는 재물

여기서 발신發身은 단순히 몸집을 불리라는 뜻이 아니다. '발發'은 잠재된 것을 드러내고 일으키는 것이다. 《중용》에서 희로애락이 아직 드러나지 않은 상태를 말할 때의 그 '발'처럼, 내 안에 있는 고유한 생명력을 밖으로 환하게 펼쳐내는 것을 말한다.

어진 사람은 재물을 수단으로 삼아 나를 세우고 확장한다仁者: 財 → 身. 반면 어질지 못한 사람은 자신의 가장 귀한 자산인 몸을 소모품으로 던져 재물을 만든다不仁者: 身 → 財.

결국, 순서의 문제다.

찬찬히 사유思해보자. 몸은 단순한 육체가 아니다. 도道가 실현되는 자리이며, 하늘이 준 성품이 발현되는 근거다.

그래서 《중용》은 이렇게 말했다.

군자지도 본저신 君子之道, 本諸身
군자의 도는 반드시 몸에 근본을 둔다.

경제 역시 마찬가지다. 통장의 숫자는 결과물일 뿐, 진짜 자산은 그 숫자를 만들어낼 수 있는 '살아있는 이 몸'이다. 외적 자원인 재물은 이 근본이 살아있을 때만 의미를 갖는다.

몸을 갉아 먹는 경영의 결말

한 대기업 임원의 얼굴이 떠오른다. 그는 40대 중반에 '별'을 단 수재였다. 성과는 늘 상위권이었고 연봉은 가파르게 올랐다. 그는 늘 입버릇처럼 말했다.

"지금은 무조건 달려야 할 때입니다. 몸 챙기는 건 은퇴하고 나서 해도 늦지 않아요."

그는 하루 네 시간도 채 자지 않았고, 고혈압 약을 비타민처럼 삼키며 주말에도 노트북을 닫지 않았다. 그러던 어느 날, 그는 회의 도중 쓰러졌다.

"지금 멈추지 않으면 다음은 장담할 수 없다."

의사는 최후통첩을 보냈다. 병원 침대에 누워 그는 처음으로 인생의 계산기를 두드려 보았다. 지금까지 번 돈, 앞으로 벌 돈, 그리고 그

돈을 얻기 위해 기꺼이 지불했던 자신의 생명력에 대해서 말이다.

그는 나에게 고백했다.

"저는 돈을 벌고 있다고 생각했는데, 사실은 제 몸을 야금야금 팔아치우고 있었던 거더라고요."

이것이 바로 이신발재以身發財, 몸을 땔감 삼아 재물이라는 불을 지피는 방식이다.

그 후 그는 삶을 완전히 바꿨다. 일을 줄이고, 걷기 시작하고, 미뤄두었던 가족과의 대화를 회복했다. 신기하게도 성과는 떨어지지 않았다. 오히려 판단은 또렷해졌고 집중력은 더 좋아졌다. 무엇보다 마음이 평온해졌다.

"이제는 제가 일을 사용하는 느낌입니다. 예전에는 일이 저를 부려 먹었죠."

나를 공경하는 것이 최고의 재테크다

이재발신以財發身은 돈을 포기하라는 말이 아니다. 돈을 '수단'의 자리에 제대로 가져다 놓으라는 뜻이다. 내가 진정 원하는 삶이 무엇인지 묻고, 남과의 비교로 스스로를 갉아먹지 않으며, 내 삶의 속도를 존중하는 것. 그것이 바로 내 몸을 공경하는 일이다.

앞 장에서 우리는 일을 공경하라고 배웠다. 이제 한 걸음 더 나아가 말한다. 일을 공경하려면 먼저 '나'를 공경해야 한다.

이 책을 관통하는 하나의 원리, 일이관지一以貫之의 핵심은 이것이다. 사람이 먼저이고, 몸이 근본이다. 돈은 언제나 그다음이다.

사유종시

事有終始

고생을 끝에 두어야 일이 시작된다

"사람은 꼭 일해야 하나요?"

이제 막 사회로 나갈 준비를 하는 한 대학생의 질문이다. 굳이 힘들게 일하지 않아도 성공할 수 있는 법을 찾고 있다고 했다. 과정을 줄이고, 수고를 덜고, 시간을 단축해 최대한 빨리 목적지에 닿고 싶다는 것이다.

요즘은 기술이 많은 것을 대신해준다. 계산도, 정리도, 심지어 글쓰기와 기획까지도 돕는다. AI 에이전트가 일을 대신 수행하는 시대다. 그렇다면 굳이 내가 이렇게까지 애써야 할 이유가 있을까, 하는 생각이 자연스레 따라온다.

이 질문은 20대만의 것이 아니다. 오래 일해온 4~50대는 이렇게 묻는다.

"

"언제까지 이렇게 애만 써야 하나요?"

누구나 고생보다 편안한 삶을 꿈꾼다. 하지만 여기서 우리는 순서를 한 번 점검해야 한다. 앞서 일의 본질敬其事도 챙겼고, 나를 공경하는 법以財發身도 알았다. 그렇다면 이제 그 귀한 몸을 어디를 향해 써야 할까? 모두가 일을 안 하고 편안함만 쫓는다면 우리의 삶은 과연 깊어질 수 있을까?

《대학大學》은 우리에게 일의 엄중한 순서를 제시한다.

사유종시事有終始

일은 끝終에서부터 시작始이다.

이 말을 제대로 이해하기 위해 주역周易의 말도 챙겨보자.

원시반종原始反終

끝은 다시 시작으로 되돌아온다.

우리는 보통 일을 '시작해서 끝낸다始→終'는 직선적인 구조로 생각한다. 하지만 고전의 관점은 다르다. 시작을 미루어 그 근원을 거슬러 올라가 보니, 일은 '끝'에서 다시 시작으로 되돌아온다. 여기서 끝終은 소멸이 아니라 다음 생명을 잉태한 씨앗이다. 그 씨앗으로 시작하는 것이다.

봄은 겨울로부터 왔고, 싹은 과실로부터 왔다. 아무것도 없는 흙에 봄이 되어 싹이 나는 것은 지난가을 과실이 맺은 결과終인 씨앗이 있었기 때문이다. 그러니 끝에서부터 시작이다.

또한, 씨앗이 싹을 틔우기 위해서는 자신의 단단한 껍질을 부수고 나오는 수고로움이 필요하다. 그 '껍질을 깨는 고통終'을 거쳐야만 푸른 싹이라는 새로운 시작始이 가능하다. 또한, 일의 진짜 끝終은 눈에 보이는 결과물이 아니다. 그 과정을 거치며 단단해진 '나' 자신이며, 그 단단한 '나'는 다시 내일을 살아갈 에너지가 되어 시작始으로 순환한다.

✿ 고생을 종終에 두라 : 수고로움을 각오할 때 시작되는 것

일할 때 가장 먼저 정해야 할 것은 '얼마나 편할까'가 아니라 '어떤 고생이든 감당할 것인가'이다. '내가 이 일에 나의 안일함을 뒤로하고 수고로움을 다하겠다'라는 결단終이 있어야 일은 시작된다.

사연자처럼 일하기 싫어지는 이유는 고생을 어떻게든 피해야 할 장애물로만 보기 때문이다. 손해 보기 싫고, 내 몸 편한 것만 챙기려 하니 일의 동력이 살아나지 않는다. 그것은 일의 논리가 아니기 때문이다.

그런데 사실 걱정할 필요는 없다. 우리는 정말 하고 싶은 일은 고

생할 줄 뻔히 알면서도 시작하는 것이지, 고생을 감당할 각오부터 먼저 따지지 않기 때문이다. 내가 박사 논문을 쓸 때의 일이다. 밤잠을 설쳐가며 공부하는 모습이 너무 고단해 보였는지 주변에서 "그렇게 괴로우면 하지 마! 그만둬!"라고 만류했다. 실제로 너무 힘들어 울기도 했다. 하지만 나의 대답은 이랬다.

"괴롭긴 한데, 좋아서 하는 거야."

이것이 진실이다. 편안함 대신 몰입의 고생을 기꺼이 일의 매듭終으로 받아들였을 때, 그 괴로움을 뚫고 터져 나오는 기쁨이 나를 다시 살게 한다始. 고생을 끝에 두지 않은 일은 작은 난관에도 금세 멈춰버리지만, 수고로움을 일의 본질로 받아들인 사람은 절대 흔들리지 않는다. 그 수고로운 몰입의 끝에서 다시 나라는 존재가 환하게 일어나는 것, 그것이 바로 사유종시의 지혜다.

✳ 기꺼이 수고로워야 산다, 그것이 일의 순리다

인생의 순리는 배고프면 먹고 졸리면 자는 것처럼 단순하다. 나를 살리기 위해서는 음식을 씹는 수고와 소화시키는 에너지가 필요하다. 나를 실현하기 위해서도 기꺼이 감수할 고통이 필요하다.

AI가 많은 일을 대신에 해줄 수는 있다. 결과를 빠르게 만들어줄 수도 있다. 그러나 존재를 대신 성장시켜주지는 못한다. 나를 대신 단단하게 만들어주지는 못한다.

산을 오르는 고통을 종終으로 받아들인 자만이 정상의 풍경을 시작始할 수 있다. 고생하지 않는 일을 찾는 것이 아니라, '내가 기꺼이 나의 수고를 쏟아붓고 싶은 일'을 찾는 것. 그 정성스러운 고생 끝에 다시 나라는 존재가 성숙해져 돌아오는 순환을 믿자. 그것이 자연의 이치다.

그러니 상기하자.
사유종시事有終始!
기꺼이 수고로움을 감당하면 일은 술술 풀린다.

애지능물로호

愛之能勿勞乎

사랑하는데 어찌 수고롭지 않겠는가

"어떤 사람이랑 결혼해야 할까요? 정말 좋아하는 사람을 기다려야 할지, 현실적인 조건을 봐야 할지 모르겠어요."

40대 초반의 직장인이 보낸 사연이다. 운명 같은 이상형을 기다리다 보니 어느새 40대가 되었고, 이제는 나를 좋다는 사람과 현실적인 타협을 해야 할지 초조함만 커진다는 고민이었다.

이 사연을 읽으며 얼마 전 코칭을 받으러 왔던 한 부부가 떠올랐다. 이혼을 결심하고 찾아온 부부는 상담실에 앉자마자 싸우기 시작했다. 주제는 하나였다.

"내가 이만큼 했는데, 당신은 왜 그것밖에 안 해줬어?"

아내도 남편도 서로 '받지 못한 것'들만 끝없이 나열하며, 누가 더 잘못했는지를 따지고 있었다.

나는 조용히 물었다.

"사랑이 받는 것입니까, 주는 것입니까?"

잠시 정적이 흘렀다.

✽ 사랑의 재정비 : 사랑은 주는 것이다

결혼을 고민하기 전에, 혹은 지금의 결혼 생활이 괴롭다면 반드시 '나는 사랑을 어떻게 정의하는지'부터 점검해야 한다.

고전은 단호하게 말한다.

사랑은 주는 것이다

주자는 인仁을 가리켜 "천지가 만물을 낳는 마음"이라고 했다. 우리 안에는 누군가를 사랑하고 보살피려는 생명력의 씨앗이 이미 들어있다. 그래서 사랑은 만들어내는 감정이 아니라, 이미 들어있는 사랑의 마음을 꺼내 쓰는 일이다.

연애할 때는 그 마음이 샘솟듯 흘러나온다. 피곤해도 만나고 싶고, 더 해주고 싶고, 괜히 또 연락하게 된다. 그런데 '결혼은 현실이야'라는 말을 꺼내는 순간, 사랑은 거래가 된다. 내가 준 만큼 받지 못하면 손해라고 생각하는 순간, 불행은 시작된다.

그때 아내가 물었다.

"선생님, 주기만 하면 저만 '호구'되는 거 아닌가요?"

사랑을 주라는 말은 나를 버리라는 뜻이 아니다. 오히려 그 반대다. 내가 누군가에게 기꺼이 줄 수 있는 사람이 될 때, 나는 사랑의 주도권을 가진 주체가 된다. 반대로 호구가 될까 봐 계산기를 두드리는 순간, 나는 상대의 반응에 일희일비하는 노예가 되고 만다.

받을 생각만 하면 일은 자꾸 꼬인다. 그것은 자연의 이치에 어긋나기 때문이다. 결혼이 행복한 현실이 되려면 내 안에 있는 사랑, 즉 인仁을 밖으로 꺼내어 기꺼이 사랑을 주어야 한다. 내가 먼저 기꺼이 수고로울 때, 그 사랑의 에너지가 결국 나를 가장 행복하게 만든다.

❋ 사랑의 진짜 모습은 '수고로움'이다

사랑하면 필연적으로 내 몸이 고달파진다.
《논어》에는 사랑의 본질을 꿰뚫는 기막힌 구절이 있다.

애지능물로호 愛之能勿勞乎
사랑하는데 응당, 당연히 수고롭지 않겠는가!

사랑하면 상대가 무엇을 필요로 하는지 살피게 되고, 무엇 하나라도 더 해주고 싶어 내 몸을 움직인다.

연애할 때를 떠올려보라. 온종일 일하고 피곤한 몸을 이끌고도 상대를 집 앞까지 데려다주고, 돌아서는 발걸음이 아쉬워 다시 상대의 집으로 향하던 수고로움이 있지 않았나? 그때는 그게 고생인 줄도 몰랐다. 왜? 사랑하고 있었기 때문이다.

나를 내어주는 지독한 수고死가 있어야 비로소 사랑의 결실生이 맺히는 법이다. 수고를 멈추는 순간, 사랑도 식기 시작한다.

이 이야기를 듣던 부부는 잠시 말을 멈췄다. 연애 시절, 서로 주려고 애썼던 순간들이 떠올랐다고 했다. 그런데 어쩌다 서로 받기만을 하려 했을까. 돌아보니 둘 다 지쳐 있었다. 일에 지치다 보니 정작 자신을 돌보는 데 소홀해졌고, 그러다 보니 주지 못하고 받으려만 했다. 그리고 받지 못하니 억울해진 것이다. 하지만 사랑이 사라진 것이 아니었다. 서로가 잠시 자기 안의 사랑을 꺼내 쓸 여유를 잃었을 뿐이었다.

✳ 이상형이란 '내가 기꺼이 고생하고 싶은 사람'이다

결혼을 고민하는 이들에게 묻고 싶다.

당신의 이상형은 누구인가?

조건이 완벽한 사람인가, 아니면 당신이 기꺼이 수고하고 싶은 사

람인가. 돈이나 능력 같은 조건은 시간이 흐르면 변하지만, 내가 누
군가에게 기꺼이 수고를 쏟고 싶다는 마음의 이치는 변하지 않는다.

행복한 삶은 고생이 없는 삶이 아니라, 기꺼이 감수할 만큼 가치
있는 고생을 곁에 두는 삶이다.

결혼은 거래가 아니다. 서로가 서로에게 사랑을 주며, 그 수고 속
에서 함께 성장하고 기뻐하는 삶이다.

그러니 자신에게 묻자.

"나는 이 사람을 위해 기꺼이 수고로워질 준비가 되었는가?"

애지능물로호 愛之能勿勞乎!
사랑하는데, 어찌 수고롭지 않겠는가.

이지간능
易知簡能

이치를 알면, 세상살이는 단순해진다

"선생님, 저 이제 회사 못 다닐 것 같아요…."

입사 3년 차인 J씨가 울먹이며 찾아왔다. 그녀는 무례한 상사 때문에 오랫동안 속앓이를 해왔다. 처음에는 신입이라 참았고, 나중에는 싸우기 싫어서 참았다.

그러다 문득 억울함이 치솟았다.

'내가 계속 참으니까 나를 만만하게 보는 거 아닐까?'

그 순간부터 그녀의 머릿속은 복잡해졌다. '어떻게 말해야 만만해 보이지 않을까?', '어떤 타이밍에 말해야 손해 보지 않을까?' 머릿속으로 수만 가지 시나리오를 짰다. 그리고 마침내, 상사가 핀잔을 주자 참았던 말을 쏟아냈다.

"팀장님, 말씀이 너무 심하신 거 아닙니까? 저도 참는 데 한계가 있습니다!”

결과는 좋지 않았다. 당황한 상사는 화를 냈고, 분위기는 싸늘해졌다. 결국, 그녀는 ‘감정 조절 못 하는 직원’으로 찍혔고, 관계는 돌이킬 수 없이 어색해졌다.

그녀는 내게 말했다.

“늘 당한 건 저였는데, 오히려 제가 더 나쁜 사람이 된 것 같아요…….”

원치 않는 결과를 맞이해 우는 그녀에게 나는 물었다.

“J님이 정말로 원한 건 무엇이었나요?”

“팀장님이 저를 함부로 대하지 않았으면 좋겠어요. 그리고…. 사실은 팀장님께 인정받고 싶었어요. 전 이 회사가 좋거든요.”

“그렇군요. 그런데 왜 팀장님께는 그렇게 날 선 말을 던졌나요?”

“그건…. 팀장님이 저를 너무 누르고 있으니까요. 그때 제가 그렇게 받아치지 않으면 계속 무시당할 것 같아서였죠. 저도 만만한 사람이 아니다를 알려주고 싶었어요.”

나는 고개를 끄덕이며 말했다.

“맞아요. J님은 자신의 눌린 기를 펴려고 ‘반격’을 한 거였어요. 그런데 상사로선 느닷없는 ‘공격’으로 느껴졌을 겁니다. 내가 상대에게 제압당하고 있다는 생각에 빠지면, 우리는 진짜 원하는 본질理을 보지 못하고 단순히 눈앞의 상황氣만을 해결하려고 합니다.”

J씨가 실패한 이유는 그녀가 부족해서가 아니다. 본질을 놓쳤기 때문이다.

✽ 이지간능, 세상살이의 원리

《주역周易》에서는 세상과 통하는 원리를 이렇게 말한다.

건이이지乾以易知 곤이간능坤以簡能

하늘의 이치는 쉽고,
땅의 이치는 간단하다.

우주의 거창한 원리 같지만, 이를 우리 삶에 대입하면 놀랍도록 명쾌한 처방전이 된다.

하늘의 이치는 우리 안에 있는 보편적인 마음理이다. 이는 "나도 좋고 너도 좋은" 전체를 살피는 마음이며, 무엇이 본질적으로 옳은지 그른지 가리는 시비是非를 담당한다.

반면 땅의 원리는 나만의 개인적인 기질氣이다. 내가 무엇을 더 좋아하고 싫어하는지 결정하는 선호選好를 담당한다.

사실 우리가 관계에서 길을 잃는 이유는 무엇이 옳은지시비 몰라서가 아니다. 그 명확한 이치 위에 수많은 욕심이 가득해져 상황이 복잡하게 보일 뿐이다.

"내가 손해 보면 어떡하지?"

"저 사람이 나를 우습게 보면 어쩌지?"

• 이지(易知) : 하늘의 마음으로 전체를 보자(시비를 명확히 함)

• 간능(簡能): 땅 위의 내가 좋아하는 것을 챙기자(선호를 간단히 함)

✤ 이지易知: 먼저 전체를 살피는 마음을 붙잡아라

J씨가 "제가 더 나쁜 사람이 된 것 같다."라며 억울해하게 된 결정적 이유는 무엇일까? 전체를 살피는 하늘의 마음理을 놓치고, '나'라는 개인의 방어 기제氣에만 매몰되었기 때문이다.

그녀의 마음속에는 "상사와 잘 지내고 싶고, 인정받고 싶다."라는 본심이 분명히 있었다. 관계도 챙기고 이 회사도 잘 다니고 싶다는 마음 말이다. 이것이 하늘의 마음이며, 쉽게 알 수 있는 이치다. 하지만 그녀는 상대의 행동에 반응하며 자신의 힘을 보여주려 했다. 그것이 이 문제를 해결하는 '쉬운 길'이라 잘못 판단해 상황은 더 복잡해졌다.

✤ 간능簡能 : 그다음은 간단하다

본질을 붙잡으면 행동은 생각보다 단순해진다. 그녀는 다음날 상사에게 전투태세를 취하는 대신, 관계를 챙기면서 자신이 원하는 바

도 이루어질 수 있도록 말을 건넸다

"팀장님, 저는 팀장님과 정말 잘 지내고 싶고 인정받고 싶습니다. 그런데 제가 위축돼서 일을 잘 못 합니다. 조금만 도와주십시오."

이 말에는 군더더기가 없다. 공격도 없고 방어도 없다. 오직 '잘 지내고 싶다'라는 진심만이 담겨 있다. 이처럼 진심을 다하는 사람에게 화를 낼 상사는 없다. 오히려 그 단순명료한 진심은 상대의 방어 기제마저 멈추게 한다. 하늘을 분명히 챙기면 땅의 일은 간단해진다.

❋ 쉬운 것부터 챙기고 나면, 나머지는 간단하다

혹시 지금 누군가와의 관계 때문에 머리가 터질 것 같은가? 그렇다면 잠시 멈추고 자신에게 물어보자.

"내가 진짜 원하는 게 뭐지?"

그 답은 의외로 간단할 것이다.

'사랑받고 싶다.'

'인정받고 싶다.'

'오해를 풀고 싶다.'

모든 것이 다 잘 되길 바라는 나의 진심이 바로 이지易知다. 이 마음을 찾았다면, 복잡하게 계산할 것 없이 그대로 행하면 된다簡能.

상기하자! 이지간능易知簡能!
하늘의 시비를 먼저 챙기면,
땅의 일은 저절로 단순해진다.
나의 진심을 알면,
세상과 소통하는 일은 참 쉽고 간단해진다.

사여학

思與學

상대를 바꾸려다 지친 당신을 위한 처방전

나만 빼고 세상 사람들이 다 이상해 보일 때가 있다.

아침 출근길, 깜빡이도 없이 무례하게 끼어드는 앞차를 볼 때나, 카페에서 공공장소인 줄 모르고 목소리를 높이는 사람을 마주할 때, 혹은 가장 가깝다고 믿었던 친구가 내 진심과는 전혀 다른 말을 툭 던질 때. 우리는 거의 반사적으로 묻는다.

"저 사람은 도대체 왜 저러지?"

낯선 사람과도 힘들고, 친한 사람과도 어긋난다. 오히려 가까운 사람일수록 더 아프다. 오죽하면 '인간관계에 회의감이 든다.'라는 말이 일상이 되었을까.

하지만 삶은 관계다. 혼자서는 살 수 없다. 그렇다면 우리는 어떻게 해야 나와 다른 사람과 잘 지낼 수 있을까?

앞서 종시終始를 말했다. 기꺼이 배려하는 것이 곧 나의 행복이 된다고 했다. 그러나 이것이 자칫 이렇게 들릴 때가 있다.

"왜 나만 참아야 하죠?"

강의하며 가장 많이 들었던 말이다.

그래서 좀 더 깊은 원리가 필요하다. 내가 무너지지 않으면서도 관계를 지키는 법, 바로 사여학思與學 이다.

사여학思與學

생각하고, 배우라.

사여학思與學 은 퇴계 이황의 《성학십도》에 등장하는 핵심 원리다. 퇴계는 여기서 '생각함과 배움'은 서로를 도와 함께 나아가야 한다고 강조했다.

그 근거는 《논어》에 자세히 풀이되어 있다.

학이불사즉망 사이불학즉태學而不思則罔, 思而不學則殆

**배우기만 하고 생각하지 않으면 결국 얻는 것이 없고,
생각만 하고 배우지 않으면 위태롭다.**

생각과 배움은 늘 쌍으로 함께 해야 한다는 이 진리는 우리 삶의 모든 영역에 다 적용된다. 특히 인간관계서 더욱 빛난다.

우리는 보통 인간관계에서 '상대에게 맞춰주는 것'을 배움이라 여

긴다.

'저 사람은 저런 스타일이니 내가 참아야지.'

'저 사람 기분이 안 좋으니 내가 맞춰야지.'

그런데 이렇게 맞춰주기만 하다 보면, 언젠가 억울함이 밀려온다. 배움學만 있고, 사유思가 없기 때문이다.

✽ 행동을 고치려 들지 말고, 연유를 생각하라

그렇다면 무엇을 생각思해야 할까?

바로 행동이 아니라 연유다. 저렇게 행동하는 데는 반드시 그럴만한 이유가 있는 것이다.

우리는 앞에서 성발위정性發爲情을 통해 배웠다.

"나는 소중한 존재이고, 잘 살고 싶은 존재다. 그래서 매 순간 욕망하고, 그것이 고스란히 나의 감정과 행동으로 드러난다."

욕망(원인) → 행동(결과)

이 원리를 타인에게도 그대로 적용해 보자. 화가 치밀어 오르는 순간, '그는 왜 저럴까?'라는 비난 대신, 그 연유를 헤아려 이렇게 바꿔보자.

"그는 무엇을 지키고 싶어 저러는 걸까?"

"그가 바라는 행복은 무엇일까?"

이렇게 질문을 전환하는 순간, 사유思가 시작된다.

'내가 그렇듯, 저 사람도 행복해지고 싶어서 저렇게 행동하는 것이구나.'

이 사유가 나의 분노를 잠재운다.

철저하게 여행 계획을 세워야 안심이 되는 친구는, 그렇게 해야 행복할 것이라 믿기 때문이다. 무작정 떠나는 동료는, 즉흥 속에서 삶의 생동감을 느끼고 싶기 때문이다. 급하게 끼어드는 차를 보며 발끈 화가 났다가도, '저 사람도 무사히 목적지에 가고 싶은 사람일 텐데, 저렇게 서두르는 데는 그만한 이유가 있겠지.' 하고 생각해보면 마음이 내려앉는다.

상대의 행동만 보면 이해가 되지 않지만, 그 너머의 원리(행동의 연유)를 생각하며 배우면 내 마음에 공간이 생긴다.

우리는 모두 행복을 원한다. 다만 그 방식이 저마다 다를 뿐이다.

✾ 사유하고思 배우기學의 실제

이 책에 종종 등장했던 '사유하고 배우기'가 바로 이런 원리였다. 그럼 사여학으로 직원과의 소통이 수월해졌다는 한 디자인 회사의

L 이사의 사례를 통해 이를 구체화해보자.

L 이사는 회의 때마다 업무와 상관없는 수다를 떠는 부하직원 때문에 괴로웠다. 바쁜 조회시간에 왜 저런 가십거리를 늘어놓는지 도무지 이해할 수 없었기 때문이다.

1. 사유하기(思): 이유가 있겠지

저렇게 수다를 떠는 데는 그만의 이유가 있을 것이다. 그도 일을 잘하고 싶고, 잘 살고 싶은 사람이다. 그는 이 자리에서 무엇을 원하는 걸까?

2. 배우기(學): 그의 스타일을 배워보자

관찰해보니 그는 본격적인 업무 이야기를 하기 전에, 분위기를 말랑말랑하게 만들고 싶어 했다. 그는 아이스 브레이킹을 매우 중요하다고 생각하는 사람이다.

상대의 원리를 알게 된 후, 그를 미워하는 마음이 사라졌다. 그리고 그와 미팅을 할 때 본인도 아이스 브레이킹을 준비하기 시작했다. 회의는 더 부드러워졌다.

✳ 사여학, 관계의 평화를 가져오는 소통법

나 역시 예민한 사춘기를 지나는 아이와 매일 전쟁 같은 소통을 치르며 이 사여학을 실천하고 있다. 아이가 툭 던지는 말 한마디에 상처받거나 화가 날 때가 많지만, 그럴 때마다 생각한다.

'이 아이도 지금 나름대로 행복해지기 위해 발버둥 치는 중이구나. 저 거친 표현은 사실 자기 안의 소중한 무언가를 지키려는 몸부림이구나.'

그 행동의 원리를 생각思하고 나면, 비로소 아이의 기질을 배우고學 받아들일 여유가 생긴다. 물론 이 과정은 매우 고되다. 하지만 이것이 나의 관계 속에 평화를 가져오는 유일한 방법임을 나는 매일 몸소 체험하고 있다.

상대방이 이해되지 않을 때,

상기하자. 사여학思與學!

생각하고 배우는 순간,

관계는 비로소 편안해진다.

혈구지도

絜矩之道

나를 잣대 삼아 남을 헤아리는 법

앞서 우리는 사여학思與學을 통해 타인의 행동 뒤에 숨은 연유를 읽는 법을 배웠다. 보이는 행동을 넘어, 그 이면에 흐르는 원리를 보는 눈을 기른 것이다. 그것은 내 안의 변치 않는 '하늘의 이치'를 기준 삼아 상대를 이해하는 이성의 작업이다.

그러나 문제는 늘 현장에서 생긴다. 나를 무너뜨리는 말 한마디 앞에서, 사유하기란 쉽지 않다.

그래서 그 이치를 내 몸으로 가져와 더욱 와닿게 사용하는 법을 제시해본다. 바로 《대학》에 나오는 혈구지도絜矩之道다.

혈구지도 絜矩之道

내 안의 하늘의 이치로
상대의 구체적인 사정을 헤아린다.

흔히 혈구지도를 '내 마음을 잣대矩 삼아 타인을 재는絜 것'이라고 말한다. 하지만 깊이 살피지 않으면 이 말은 쉽게 오해된다.

"주말에는 밖에 나가야 에너지가 채워지는데, 너는 왜 집에만 있니?"

이것은 공감이 아니라 나의 취향을 남에게 강요하는 것이다. 혹은 이렇게도 말할 수 있다.

"내가 싫어하듯이 너도 이걸 싫어하겠지."

하지만 상대는 오히려 그것을 좋아할지도 모른다. 나의 특수한 성향을 잣대로 삼는 순간, 우리는 타인을 이해하는 대신 재단하게 된다.

혈구지도의 잣대는 특수한 내 성향이 아니다. 바로 내 안의 하늘의 이치, 나뿐만 아니라 인간이라면 누구나 가질 수밖에 없는 보편의 원리다. 누구나 존중받고 싶어 하고, 누구나 행복해지고 싶어 한다. 이 단순한 사실이 혈구지도의 출발점이다.

한자의 의미를 보면 의미가 더욱 또렷해진다. '구矩'는 우리가 발 딛고 사는 구체적인 현실이다. '혈絜'은 그 현실을 재는 밝은 기준이다. 즉, 내 기분으로 상대를 재는 것이 아니라, 내 안의 보편의 기준으로 상대의 삶을 비추어보는 것이다. 하늘의 마음으로, 땅 위의 사정을 재어보는 것, 그것이 혈구지도다.

✳ 하늘의 이치로 땅의 사정을 읽다

사여학이 행동과 원인의 인과 구조를 파악해 헤아리는 단계라면, 혈구지도는 그 필연적인 이유를 나의 눈금에 직접 대어보며 훨씬 더 강렬하게 체감하는 단계다.

사여학으로 "저렇게 행동하는 데는 이유가 있겠지."라는 인과 관계를 파악했다.

혈구지도는 한 걸음 더 깊이 들어간다.

"나도 행복해지고 싶듯, 저 사람도 그렇겠구나."
"내가 무시당할 때 아프듯, 저 사람도 아프겠구나."

사여학으로 파악한 '이유'가 나의 심장에 닿는 순간, 이해는 공감이 된다. 우리는 모두 다르다. 기질도 다르고, 환경도 다르다. 하지만 '잘 살고 싶다.'라는 그 본질은 다르지 않다. 그 공통의 본질을 기준으로 상대의 처지를 재어볼 때, 미움은 서서히 힘을 잃는다.

✳ 행동 너머의 마음을 배우다

B씨는 사무실에서 상사에게 불호령을 들었다. 이때 사여학으로

상사가 화낼 만한 구조를 파악했다.

'저렇게 화를 내는 데는 나름의 이유가 있겠지.'

곧이어 혈구지도를 적용했다.

'나도 책임지는 일이 어긋나면 가슴이 무너지는데, 팀장님도 지금 저 자리에서 버티고 계시는 중이겠구나.'

내 안의 하늘의 이치로 상대의 처지를 재어보자, 미움이 조금씩 사라졌다.

"제가 부족했습니다."

B씨는 이렇게 담백하게 답했다. 그리고 팀장과의 관계는 오히려 더 단단해졌다.

❀ 세상을 구하는 따뜻한 자尺 하나

우리가 남을 쉽게 헤아리지 못하는 이유는 상대가 악해서가 아니라, 내 안에 여유가 없기 때문이다. 내 중심이 흔들릴수록 상대의 행동은 더 크게 위협으로 느껴진다. 하지만 내가 나를 믿고 바로 설 때, 비로소 내 안의 하늘의 이치는 타인의 삶을 비추는 따뜻한 자尺가 된다.

거창한 이론이 아니다. 그저 서로가 서로의 사정을 헤아려주는 그 마음 하나면, 세상은 충분히 살 만한 곳이 된다.

그러니 상기하자. 혈구지도絜矩之道.
하늘의 마음으로 나를 바로 세우고,
그 정직한 자로 땅 위의 타인을 헤아리자.
나도 그렇듯, 너도 그렇다.

서

恕

나를 지키는 가장 지적인 용서

혈구지도의 잣대를 들고도 도저히 재어볼 엄두가 나지 않을 때가 있다. 상대가 나에게 노골적인 악의를 드러낼 때다.

"아무리 그래도, 어떻게 저럴 수 있지?"

그 순간 우리는 안다. 정말 이해하고 싶지도 않고, 헤아리고 싶지도 않다. 소통 강의를 하던 도중, 한 교육생이 던진 대답이 지금도 귓가에 또렷하게 남아 있다.

"오늘 소통의 원리 잘 배웠는데요. 그래도 저는 그 사람 이해하고 싶지도 않고, 헤아리고 싶지도 않아요."

강사로서 뼈아픈 말이었지만, 나 역시 차마 반박할 수 없을 만큼 깊이 공감하는 말이었다. 아무리 원리를 안다 한들, 나를 너무나 힘들게 하는 사람을 이해하는 일이 어디 쉬운가. 앞서 사여학과 혈구지도로 소통의 원리를 충분히 알았지만, 내가 여기서 또 소통 이야기를 하는 것은 이 때문이다. 그토록 소통이 어렵다.

이유가 있다는 것도 알고 그도 나름의 사정이 있다는 것도 알지만, 안다고 해서 마음이 곧장 따라오지는 않는다.

"그래도 어떻게 저럴 수 있지?"

이 질문 앞에서 나는 오래 멈춰 있었다. 이치를 공부해도 풀리지 않는 사람이 있었고, 헤아리려 해도 자꾸만 미움이 올라왔다. 그렇게 오랫동안 붙잡고 씨름하다가 어느 날 스르르 풀리듯 다가온 글자가 있었다.

바로 《논어》에 등장한 서恕다.

✵ 충서忠恕, 나에게 진실할 때 남이 보인다

공자는 평생 실천할 단 한 마디로 서恕를 꼽았다. 제자 자공이 "평생 행할 만한 한 마디가 있습니까?"라고 묻자 공자는 이렇게 답했다.

기서호 其恕乎

기소불욕 물시어인 己所不欲 勿施於人

그것은 서恕로다.
내가 원하지 않는 것을 남에게 베풀지 말라.

서恕는 상대와 같은如 마음心이 되어주는 것이다. 그런데 전제가 있다. 먼저 내 중심이 바로 서 있어야 한다. 그것이 충忠이다.

충忠은 단순히 '충성'이 아니다. 글자 그대로 내 마음心 한가운데中를 뚫어지게 바라보는 정성이다. 내 안의 소리에 귀를 기울여 내가 무엇을 간절히 바라는지, 나의 욕망과 감정을 회피하지 않고 직시하는 것, 그것이 나에게 진실한 마음인 충忠이다.

내 마음의 중심을 잡고 보니, 나는 언제나 행복하고 싶어 하는 존재였다. 사랑받고 싶고, 인정받고 싶고, 무시당하고 싶지 않은 사람이다. 그 중심이 선 자리에서야 비로소 "너도 그러했겠구나."라는 말이 가능해진다. 내가 나를 귀하게 여겨야 비로소 남의 귀함도 눈에 들어오기 때문이다.

하지만 도저히 용서할 수 없는 사람 앞에서 이 원리는 공허하게 들리기 쉽다. 나 역시 그랬다. 서恕가 머리로는 이해되는데, 가슴으로는 내려오지 않았다. 그 막힌 지점에서, '멸기리'의 통찰을 만났다. 그리고 서恕가 비로소 작동하기 시작했다.

❋ 멸기리滅其理, 양심의 손을 놓아버린 순간

A씨에게는 십 년 넘게 우정을 이어온 절친한 친구가 있었다. 그런데 그 친구는 꼭 다른 사람들과 함께 있는 자리에서만 돌변했다.

"오늘 옷차림이 그게 뭐니?"

"화장이 왜 이렇게 웃겨?"

그 친구는 사람들 앞에서 A씨를 종종 웃음거리로 만들었다. 참다 못해 연락을 끊었지만, A씨의 분노는 사그라지지 않았다.

"어떻게 친구라는 사람이 저에게 그럴 수 있죠?"

울먹이는 A씨에게 나는 물었다.

"그 친구는, 그 자리에서 무엇을 원했던 걸까요?"

A씨는 바로 대답하지 못했다.

"요즘 제가 일이 좀 잘 풀렸어요. 모임에서 사람들이 저한테 질문을 많이 했고요. 혹시 그게 불편했을까요?"

나는 그때 사람이 어쩌다가 자기 안의 양심을 놓치게 되는지,《성학십도》〈심통성정도〉에 나오는 '멸기리滅其理'로 설명했다.

"사람은 본래 다 잘 살고 싶어 하죠. 사랑받고 싶고, 인정받고 싶어 합니다. 이 마음은 나쁜 것이 아니에요. 건강한 본성이죠. 그런데 이 좋은 마음이 타인을 배려하는 가운데 드러나야 하는데, 순간 생각을 잘못하게 되면 비뚤어질 수 있습니다."

나는 천천히 설명을 이어갔다.

"'내가 이렇게 말하면 상처 주겠지' 하는 마음이 양심, 즉 리理입니다. 그런데 또 다른 마음도 함께 올라오죠.

'그래도 내가 더 돋보여야 해.'

문제는 여기서 생깁니다. 돋보이고 싶은 마음이 '양심'을 지키면서 갈 수 있는데, 사람은 순간 착각하죠. 내가 올라가려면 어쩔 수 없이 저 사람을 내려야 한다고요.

그때 양심의 손을 놓아버립니다. 이것이 멸기리입니다.

본성이 악한 것이 아니라, 순간적으로 리理를 놓쳐버린 것이죠."

A씨의 친구도 아마 알았을 것이다. 자신의 말이 A씨에게 상처가 된다는 것을. 다만 잘못 판단한 바람에 자신의 양심을 붙잡지 못했다.

❋ 서恕, 상대를 온전히 이해하는 마음

A씨는 조용히 숨을 삼켰다.

그리고 이내 A씨의 표정에서 분노 대신 안쓰러움이 스쳤다.

"저를 공격한 게 아니라, 자기 자리를 지키려다 그랬네요. 이제 좀 이해가 가요."

A씨는 비로소 깨달았다. 친구의 공격은 자신을 향한 화살이 아니라, 친구 본인의 결핍이 쏘아 올린 비명이었다는 것을. 상대가 멸기리의 상태에 빠져 있다는 것을 보는 순간, A씨는 더는 그 화살의 정면에 서 있지 않게 되었다.

여기서 중요한 것은 그다음이다. 상대의 사정을 알았으니 무조건 참아주는 것이 서恕인가? 아니다.

"내가 원하지 않는 것을 남에게 베풀지 말라."

이 문장을 다시 꺼내 보자. 내가 원하지 않는 것'이란, 어떤 개인적인 특수한 것을 말하는 것이 아니라, 누구나 다 원하지 않는 보편적인 가치를 말한다.

나는 무시당하는 것이 싫다. 누구나 다 무시당하는 것은 싫다. 그래서 나는 그 친구가 나에게 했던 것처럼 똑같이 비난하거나 공격하지 않기로 선택한다. 그도 나와 같은 마음일 것이라는 것을 알기에 용서한다. 그것이 진정한 서恕의 실천이다. 서恕는 무작정 참는 것이 아니라, 나의 중심을 지키는 지적인 선택이다.

"이젠 마음이 좀 짠해지네요. 그 친구처럼 똑같이 반응하고 싶지는 않아요."

❋ 나를 살리고 모두를 살리는 길

서恕는 상대를 위한 시혜가 아니라, 나를 분노의 감옥에서 해방시키는 적극적인 주체 정신이다. 내 안의 진심忠을 다해 상대와 같은 마음이 되어주는 것恕은, 결국 내가 어떤 사람으로 살 것인지를 결정하는 태도다.

비난 대신 질문을 던져보자.

"어쩌다 저 사람은 자신의 밝은 이치를 놓아버렸을까."

그 사실을 알면, 서恕는 어렵지 않다.

그러니 상기하자. 충서忠恕!
내 안의 진심忠을 다해
상대와 같은 마음이 되어주는 것恕.
그것이 나를 살리고, 관계를 살리고,
결국, 세상을 살린다.

지언

知言

모든 말 너머에 숨은 '순수언어'를 듣는 법

통통 튀는 대사가 재미있어 오래 기억에 남는 드라마가 있다. 바로 〈멜로가 체질〉이다. 그중 한 장면을 소개해본다. 온종일 남자친구에게 연락이 없자 뾰로통해진 여자친구는 기다리다 못해 전화를 건다.

"여태 회사예요?"

"네, 일하고 있어요. (시계를 보더니) 오, 늦었네? 뭐 했어요?"

"몰라용."

"뭘 했는지 몰라요?"

"네. 잘래요. 끊어요~."

"피곤하구나. 잘 자요~."

전화는 무심하게 툭 끊긴다. 무엇이 문제일까.

내가 강의 때 종종 예시로 드는 장면이다. 남녀의 대화 스타일을 말하려고 꺼낸 사례가 아니다. 여기서 우리가 주목해야 할 것은 '말의 겉모양'에 가로막혀 '말의 실체'를 놓쳐버렸다는 것이다.

✺ 팩트라는 감옥, 욕망이라는 열쇠

여자가 말을 잘못했을까?   만약 그녀가 '난 당신에게 화가 났어요.'라는 사실을 전달하려 했다면, 분명 실패한 셈이다. 남자는 전혀 알아듣지 못했으니 말이다. 하지만 자신이 화가 났다는 사실을 숨기고 싶었다면, 오히려 말을 아주 정확히 한 것이다.

그러니 이 대화의 문제는 여자의 말이 아니라, 남자의 번역 방식이다.

"몰라용."

→ 정말 기억이 안 난다는 뜻이 아니다.

"잘래요."

→ 졸려서 자겠다는 생리적 보고가 아니다.

그 말 아래에 숨은 원문, 즉 순수언어는 이것이다.

'나 지금 당신 연락 기다리느라 속상했어. 빨리 미안하다고 하고
나를 달래줘.'

하지만 남자는 여자의 말을 '팩트'로만 받아들인다.

'몰라요'라니, 기억이 안 나나 보다.

'잘래요'라니, 피곤한가 보다.

남자는 분명히 말을 들었다. 그러나 말을 알지는 못했다.

이 지점에서 맹자의 말이 떠오른다.

제자 공손추가 맹자에게 물었다.

"선생님은 무엇에 장점이 있으십니까?"
라고 묻자 단호하게 이렇게 답했다.

아지언我知言

나는 말을 안다.

맹자가 말한 '말을 안다.'라는 것은 단순히 문장의 주어와 서술어
를 파악하는 일이 아니다. 말의 형태를 넘어, 그 사람의 마음이 지금
어떤 상태에 있는지를 읽어낸다는 뜻이다.

❋ 지언知言, 말의 구조를 읽다

맹자는 말을 네 가지 유형으로 나누어 설명한다. 이 네 가지를 이 해하면, 우리는 말의 왜곡 아래 숨은 본심을 읽어낼 수 있다.

1. 피사(詖辭), 편벽된 말 : 지금 무엇에 가려져 있다.

자기 생각만 옳다고 고집하는 말.

이 사람은 지금 무엇인가에 '가려져' 있다.

그가 어떤 고정관념에 갇혀 자신을 방어하느라 사실을 보지 못하고 있는지 읽어낸다.

2. 음사(淫辭), 빠져 있는 말 : 지금 무엇에 빠져 있다.

감정에 지나치게 함몰된 말.

이 사람은 지금 어떤 욕망이나 감정에 깊이 빠져 있다.

그가 채우지 못한 정서적 허기가 무엇인지 들여다본다.

3. 사사(邪辭), 사악한 말 : 어디서 중심을 잃었다.

상대를 해치거나 교묘하게 이용하려는 말.

이 사람은 삶의 중심에서 벗어나 있다.

그가 어떤 불안 때문에 타인을 공격하는 방식으로 자기를 지키려 하는지 그 이면의 욕망을 파악한다.

4. 둔사(遁辭), 회피하는 말 : 지금 어디서 궁지에 몰려 있다.

정작 중요한 순간에 말을 돌리거나 핑계를 대는 말.

"몰라용."이 바로 전형적인 둔사다.

상처받은 마음이 정면으로 나오지 못하고 돌아서 나온 말이다.

우리의 말은 아무 이유 없이 왜곡되지 않는다. 말은 언제나 마음의 상태를 반영한다. 그러니 누군가의 말이 비뚤어졌다면, 그 사람의 본심이 악해서가 아니라 마음이 지금 어디엔가 걸려 비명을 지르고 있는 것이다.

이 왜곡의 구조를 읽어낼 수 있을 때, 우리는 비로소 '지언'하게 된다. 껍데기 말에 걸려 넘어지는 대신, 그 아래 깊숙이 숨어 있는 '진짜 하고 싶었던 말'을 마주할 수 있다.

✳ 모든 말은 '순수언어'를 향한 비명이다

철학자 발터 벤야민은 이를 두고 '순수언어'라고 불렀다. 우리가 일상에서 쓰는 말들은 대부분 내 안의 진심의 번역본이다. 그 아래에는 언제나 우리의 진심인 '원문'이 있다.

우리의 대화가 늘 겉돌고 상처를 남기는 이유는, 우리는 상대가 내뱉은 '말'을 그 사람이 전하고자 하는 원문 그 자체라고 생각하기 때문이다.

사람들의 마음속의 원문순수언어은 사실 이토록이나 투명하고 단순하다.

"사랑해 줘."

"지금 너무 외로워."

"사실은 무서워."

"잘하고 싶어."

문제는 이 순수한 원문들이 입 밖으로 나올 때 발생한다. 이때 화자가 자신의 진심을 실수로 잘못 내뱉었든, 자기를 지키기 위해 아주 의도적으로 진심을 숨겼든 그것은 중요하지 않다. 결과적으로 그 말들은 여러 필터를 거치며 전혀 다른 말로 변형되고, 청자는 그것을 또 다르게 번역하기 때문이다.

사랑을 '짜증'으로 번역하고,

두려움을 '비난'으로 번역하고,

외로움을 '무관심'으로 번역하고,

잘하고 싶은 마음을 '불안'으로 번역한다.

겉으로는 날카롭게 번역된 듯하나, 그 말이 가리키는 과녁은 결국 이것이다.

"나 잘살고 싶어."

공격과 방어라는 거친 말조차, 사실은 "나도 잘살고 싶다."는 간절한 신호인 것이다.

✱ 이순耳順, 원문을 읽어 내다

지언知言하게 되면, 상대의 말이 '나를 향한 공격'이 아니라 '자신을 살리기 위한 오역된 비명'임을 알게 된다. 그러면 내 안에서 화 대신 안타까움이 먼저 올라온다. 이전에는 같이 버럭 하며 다퉜을 상황에서, 이제는 상대의 욕망을 응시하며 대화를 전혀 다른 방향으로 끌고 갈 수 있게 된다.

이것이 《논어》에서 말하는 이순耳順의 경지다. 나이 육십이면 귀가 순해진다는 말은, 세상 어떤 험한 말을 들어도 그 속내에 흐르는 순수언어를 다 이해하게 되어 더 거슬리지 않는다는 뜻이다.

상대가 "당신이 뭘 알아!"라고 쏘아붙일 때, '무시당했다'며 분노하는 것이 아니라,

'아, 저 사람도 사실은 인정받고 싶다는 말이구나.'

하고 원문을 읽어내는 것이다. 이렇게 누가 무슨 말을 하더라도 거기엔 마땅한 이유가 있음을 바로 알아차린다.

언젠가 한 기관 강의에서 이 지언知言에 관해 이야기했었다. 강의가 끝나고 한 교육생이 찾아와 눈시울을 붉히며 말했다.

"그동안 사춘기 딸아이가 "엄마가 뭔데 상관이야!"라고 쏘아붙일 때마다 배신감에 잠을 못 잤어요.

그런데 오늘 깨달았습니다.

아이가 사실은 '엄마, 나 지금 어떻게 해야 할지 몰라 너무 혼란스러워요. 나를 좀 잡아주세요.'라고 말하고 있었던 거더라고요. 제

가 딸의 표면적인 말만 붙잡고 아이의 간절한 호소를 놓치고 있었어
요.”

✿ 나를 지키고 상대를 살리는 대화

지언知言은 상대를 무조건 감싸주거나 일방적으로 참아주는 인내
가 아니다. 오히려 상대의 말에 휘둘리지 않고 대화의 주도권을 잡
는 가장 지적인 기술이다. 상대의 '껍데기 말'에 반응하는 것이 아니
라 그 이면의 '순수언어'에 응답할 때, 대화는 전쟁이 아니라 소통이
된다.

드라마 속 남자가 만약 지언知言의 귀를 가졌다면 어땠을까? “잘
자요.” 대신 “늦게 연락해서 미안해요. 많이 기다렸죠?”라고 말했을
것이다. 그랬다면 그날 밤의 전화는 툭 끊기는 단절이 아니라 서로
의 마음을 확인하는 연결이 되었을 것이다.

그러니 오늘부터 연습해 보자. 표면적인 말 너머의 숨어 있는 그
의 진심을 들어보자. 상대의 거친 언어 밑바닥에 흐르는 '잘 살고 싶
다'라는 뜨거운 갈망을 읽어내는 순간, 당신의 인간관계에는 기적
같은 평온이 찾아올 것이다.

상기하자. 지언知言!

말을 안다는 것은

결국, 상대의 생명을 읽어내는 일이다.

이직보원 이덕보덕

以直報怨 以德報德

잘못은 바로잡음으로, 사랑은 사랑으로

살면서 가장 힘든 순간은 누군가가 나를 미워하고 있다는 사실을 마주할 때다. 앞서 배운 원리로는 안다.

'그래, 상대가 화를 내는 데 나름의 이유가 있겠지.'

그런데 문제는 그다음이다. 그렇다면, 나는 무엇을 해야 하는가? 상대가 나를 원망하고 있을 때, 우리는 어떻게 행동해야 할까?

✻ "그래도 사랑해"라는 달콤한 도피

강의장에서 이런 대답을 자주 듣는다.

"저는 저를 미워하는 사람도 사랑으로 보듬으려고요."

참 멋진 대답이다. 상대를 이해하고, 미움도 사랑으로 감싸겠다는 태도는 언뜻 가장 올바른 대처처럼 보인다.

하지만 정말 그게 답일까?

상담실에서 만난 한 부부의 이야기는 달랐다.

아내는 남편에게 쌓인 불만을 쏟아냈다. 집안일을 약속해놓고 미루고, 말만 하고 행동은 하지 않는다며 매번 화가 난다고 했다. 그런데 남편은 인자하게 웃으며 이렇게 말했다.

"당신이 날 아무리 미워해도, 난 당신을 사랑해."

순간, 아내의 표정이 굳어버렸다.

"그래서요? 그래서 또 아무것도 안 하실 거예요?"

아내 C씨는 남편의 이런 태도에 화가 더 났다. 화가 나는 명확한 원인이 있는데, 남편은 그 원인을 해결할 생각은 않고 늘 '사랑'이라는 말로 덮어버렸기 때문이다. 이때의 사랑은 보답이 아니라, 그저 달콤한 도피일 뿐이다.

✿ 공자의 일침, "직直으로 갚아라."

누군가가 나를 원망할 때 가장 먼저 챙겨야 할 것은 내 마음의 온도가 아니라, '내가 마땅히 해야 할 일을 했는가'를 따져보는 엄격함이다.

《논어》에는 공자의 냉철하고 명확한 통찰이 담긴 대목이 나온다. 어떤 사람이 공자에게 물었다.

이덕보원以德報怨

사랑을 베풀어 원망을 없애는 것은 어떻습니까?

보통 "좋지, 그래야지." 할 것 같지만, 공자의 답은 단호하다.

이직보원以直報怨, **이덕보덕** 以德報德

**원망은 곧음(바로잡음)으로 갚고,
덕은 덕으로 갚아라.**

잘못을 사랑으로 대충 덮으려 하지 말고, 잘못한 일은 먼저 '바로잡으라直'는 말이다. 사랑만 하면 다 용서될 것 같지만, 공자님은 절대 호락호락하지 않으셨다.

원망을 들었을 때 우리가 가장 먼저 챙겨야 할 것은 '내가 상처받았는가'가 아니라, '내가 마땅히 해야 할 일을 했는가'를 살펴보는 것이다.

무엇을 놓쳤기에 내가 원한을 샀는지를 직시하고, 그 어긋난 상태를 바로잡는 것이 가장 우선이라는 뜻이다.

❋ 직直을 실행하기

나는 남편에게 말했다.

"아내가 무엇 때문에 화가 났는지 아세요?"

그는 말문이 막혔다.

사랑한다고는 말했지만, 아내의 고단함은 제대로 보지 않았다.

"어떤 점에서 내가 마땅히 해야 하는 것을 놓쳤는지를 먼저 살펴보세요. 그것을 제대로 알고 바로잡는 것이 먼저입니다. 사랑으로 화를 없애려 하지 마세요."

그날 그는 집으로 돌아가 아내에게 다시는 그러지 않겠다는 공허한 맹세 대신, 그동안 아내가 그토록 요구했던 '구체적인 행동'들을 즉시 실행에 옮겼다. 몇 달째 미뤄뒀던 고장 난 문고리를 고치고, 아내가 부탁했던 일들을 하나씩 처리했다.

❋ 마땅함의 부재가 원망을 만든다

우리는 대개 어떨 때 원망을 들을까?

바로 '마땅히 해야 할 일'을 하지 않았을 때다.

남편과 아내, 부모와 자녀 사이의 도리는 절대 복잡하지 않다. 상대가 도움이 필요할 때 돕는 것, 책임을 다하는 것, 관계를 가볍게 여기지 않는 것이다.

아내가 바쁠 때 남편이 집안일을 거들고, 남편이 지쳤을 때 아내가 마음을 보태는 것. 이 단순한 '마땅함'을 놓칠 때 원망은 싹튼다. 이때 필요한 것은 변명이나 화, 혹은 '사랑해'라는 무마용 멘트가 아니다. 재빨리 잘못된 지점을 찾아 마땅한 상태로 바로잡는 것直이다. 공자는 이직보원을 통해 우리에게 정신이 번쩍 드는 경고를 날리고 있다.

"애초에 원망 들을 일을 만들지 마라!"

✾ 주도권을 되찾는 질문

가족 관계뿐만 아니라 사회적 관계도 마찬가지다. 의사가 환자에게, 기사가 손님에게 원망을 듣는 이유는 단 하나다. 자신의 이익을 앞세우느라 그 상황에서 마땅히 해야 할 '상대를 돕는 일'을 소홀히 했기 때문이다.

만약 지금 누군가의 원망 섞인 목소리가 들린다면, 자신의 '덕'을 시험하려 들지 말고 대신 이렇게 질문해보자.

"나는 지금 마땅히 해야 할 일을 하고 있는가?"

나 역시 가족들의 불만이 제기될 때, "그래도 사랑하잖아."라는 말로, 정작 내가 고쳐야 할 책임을 미루고 있었던 적이 있다. 사랑이라는 말을 붙들고, 바로잡아야 할 나를 외면했다.

상대에게 원망을 들었다면 이직보원以直報怨, 잘못된 상황을 먼저 바로잡자.

❋ 이덕보덕以德報德, 이미 있는 사랑으로

그렇다면 이덕보덕은 무엇인가?

여기서 덕德은 우리가 노력해서 얻는 기술이 아니다. 그것은 이미 우리 안에 충만히 깃든 '원천적인 사랑'이다. 이 사랑은 누구에게나 이미 있다.

그러니 덕으로써 덕을 보답하라는 공자의 말은, 사랑을 억지로 쥐어짜라는 뜻이 아니다. 내 안에 이미 차고 넘치는 그 사랑을 사람들에게 기쁘게 베풀며 살라는 뜻이다. 이것이 바로 인의仁義의 실체다.

원망은 바로잡음으로 갚고, 이미 받은 사랑은 사랑으로 베풀자. 이 순서가 무너지면 관계는 어지러워진다. 이 순서가 바로 서면, 관계는 단단해진다.

그러니 상기하자. 이직보원, 이덕보덕!

잘못된 상황은 냉철하게 바로잡고,

내 안에 이미 흐르고 있는 사랑은 아낌없이 나누며 살자.

이의위리

以義爲利

모두가 살아야 내가 산다

소통의 끝에서 우리가 마주하는 가장 솔직하고도 피할 수 없는 질문이 있다.

"그래서, 나에게 무슨 이득이 있는데?"

아무리 좋은 관계와 배려를 말해도, 당장 내게 불이익이 닥칠 것 같으면 우리는 본능적으로 마음의 빗장을 걸어 잠근다. 소통이 어그러지는 지점은 대개 고상한 철학의 부재가 아니라, 아주 구체적이고 현실적인 '이익'의 충돌이다.

"그래서 나한테 뭐가 남는데?"

이 질문 앞에서 우리는 작아진다. 하지만 우리는 결국, 이 질문을 넘어서야 한다.

✳ 사랑과 커리어, 그 사이의 계산기

나 역시 이 이익의 계산기 앞에서 처절하게 흔들렸던 적이 있다. 마흔을 넘긴 나이에 박사 공부와 강의 준비를 병행하며, 20대 때도 써본 적 없는 에너지를 쏟아내던 시기였다. 그런데 하필 딸은 한창 사춘기를 지나며 그 어느 때보다 엄마의 손길이 필요했다.

나는 매일 고민했다.

'지금 내 일에 더 매진해야 경제적 이득을 빨리 얻을 수 있어.'

'그런데, 우리 딸과 시간을 좀 보내야 하는데?'

나는 매일 무엇이 더 효율적인지를 계산했다. 그리고 종종 딸에게 이렇게 말했다.

"그건 네가 알아서 해. 엄마는 지금 너무 바빠."

당시 내가 간절히 원했던 '이익'은 분명했다. 학문적 성취와 경제적 보상이었다. 기본적인 가사는 했지만, 마음은 늘 딴 데 가 있었다.

'하, 오직 내 일만 할 수 있다면 얼마나 좋을까.'

그런데, 어느 날 나는 어디에 있든 행복하지 않은 나를 발견했다. 학교에 있을 때는 집이 신경 쓰였고, 집에 있을 때는 늘 현장이 신경 쓰였다. 마음이 지옥이 되자 공부도 집안일도 손에 잡히지 않았다. 겉보기엔 화려했지만, 정작 내 삶은 여유가 없었다.

그때 알았다. 내가 지키려던 '이익'의 정의가 완전히 잘못되었다는 것을.

❋ 이익의 착각 : 불이리위리 不以利爲利

《대학》의 마지막 장에는 이익에 관한 놀라운 통찰이 담겨 있다.

불이리위리 不以利爲利

이의위리 以義爲利

**자기 혼자에게만 이득이 되는 것을 이익이라 하지 않고
모두에게 다 좋아야 이익이다.**

‘나’만 좋은 것 氣欲 이 아니라, ‘우리’ 모두가 좋은 것 理欲 을 추구할 때, 결국 그것이 ‘내게 좋은 것’이다. 이를 ‘공즉인 公卽仁 ’이라고 한다. 내 안에 공 公 적인 마음이 본래부터 있기에, 우리를 챙기는 것이 결국 나를 챙기는 것이다.

앞서 ‘이덕보덕’에서 보았듯이, 타인에게 사랑을 베푸는 것은 내 창고를 털어 주는 ‘손해’가 아니다. 그것은 이미 내 안에 가득한 덕을 베푸는 것이다.

사랑의 계산법은 역설적이게도, 퍼줄수록 줄어드는 것이 아니라, 줄수록 오히려 내 안을 더 크게 만든다.

나는 내 이익만 취하려다 가족의 행복이라는 ‘더 큰 이익’을 놓치고 있었다. “네가 알아서 해.”라고 차갑게 밀어내는 것이 시간을 버는 이득이라 믿었지만, 실상은 불편한 마음 때문에 내 일조차 제대로 되지 않았었다.

또한 딸과 시간을 내어 함께했을 때, 딸이 환하게 웃는 모습을 보며 내가 얼마나 깊이 안도하고 기뻐했는지 뒤늦게 알았다.

진정으로 나를 위한다면, 나의 두 가지 바람이 모두 실현될 수 있는 현명한 길을 택했어야 했다. 딸을 돌보는 시간은 내 시간을 뺏는 '손해'가 아니라, 내가 공부에 몰입할 수 있게 만드는 단단한 '심리적 토대'였다.

딸이 좋아야 내가 좋았다. 딸이 흔들리면, 나 역시 흔들렸다. 그제야 온몸으로 배웠다. 모두가 살아야 비로소 내가 산다는 것을.

하늘의 질서인 원형이정元亨利貞에서 말하는 이利는, 인간의 덕목인 인예의지仁禮義智의 의義와 상응한다. 이익은 의로움義 위에서만 완성된다. 내我가 조금 비켜설 줄 아는 마음羊 위에서만 완성된다.

✽ 이기적으로 살라는 조언

한 번은 TV 프로그램을 보다 깜짝 놀란 적이 있다. 평생 시어머니를 지극정성으로 수발하며 헌신해온 한 며느리의 사연이었다. 그런데 한 패널이 그녀에게 이렇게 말했다.

"당신, 잘못 사셨어요. 이제라도 나답게 이기적으로 살아야 해요."

그 순간, 며느리의 얼굴은 순식간에 어두워졌다.

평생을 '마땅함義'이라 믿고 지켜온 자신의 삶 전체가 부정당하는 순간이었다.

"제가 잘못 살았네요. 저 이제 어떡하죠?"

순식간에 그녀의 목소리가 공허해졌다. '나만 챙기는 것'이 이익이라는 식의 조언이, 평생 타인을 돌보며 자부심을 느껴온 한 인간의 존재 기반을 송두리째 흔들어버린 것이다.

그녀의 헌신은 결코 잘못된 것이 아니다. 그녀는 가족을 돌보는 마땅함을 통해 세상에서 가장 큰 이익을 챙기며 살아온 것이다.

나 역시 마찬가지였다. 딸의 영양을 살피고 대화의 시간을 내는 '마땅한 일'을 할 때, 비로소 내 마음은 평온해졌고 공부에도 비약적인 속도가 붙었다.

✿ 요즘 세상의 계산법에 묻다

요즘 세상은 말한다.

"손해 보지 마."

"네 것부터 챙겨."

"요즘 누가 그렇게 살아?"

그렇게 계산하며 지켜낸 당신의 이익은, 정말 당신을 평온하게 만들었는가?

관계는 점점 얇아지고, 마음은 점점 예민해지고, 누군가의 불행 위에 세워진 작은 승리를 붙들고 우리는 과연 오래 행복할 수 있는가.

나만 살겠다고 움켜쥔 손에는 결국 아무것도 남지 않는다.

진정한 이익은 '나를 사랑하고' '타인과의 관계를 마땅하게 하는' 이치를 따를 때 비로소 완성된다.

나만 좋은 것은 이익이 아니다. 반드시 너도 좋아야 한다. 그것이 내가 누릴 평온을 가장 길고 단단하게 보존하는 유일한 방법이다.

상기하자. 이의위리以義爲利!

내가 진짜로 잘 살고 싶다면,

너도 잘살아야 한다.

내가 오래 행복해지고 싶다면,

관계도 함께 살아있어야 한다.

모두가 살아야,

비로소 내가 산다.

이것이 고전이 말한

가장 냉정하고도 가장 따뜻한 이익 계산법이다.